KB181151

어느 4월의 자살 산책

어느 4월의 자살 산책

延 series

최하늘

첫 줄을 쓰다.

벚꽃이 피었는데, 우리 함께 산책할까요?

번거롭게 신발 끈을 조일 필요는 없습니다. 아니, 사실 운동화를 안 신어도 뭐 크게 문제 될 것은 없겠죠. 편한 반바지 차림에 슬리퍼, 벚꽃을 보며 맥주를 사서 마실 수 있는 돈 약간, 조금 쌀쌀할 때 걸칠 카디건 한 장이면 충분할 테니까요. 자, 같이 나가요.

목차

08
아침놀

16
붉게 물든 벚꽃 사이로, 나는 너를 잊을 수 없을 테니 _ 우리의 이야기

20
이제는 도저히 네 얼굴이 생각나지 않아서 _ 나의 이야기

27
우리의 세상은 너무나도 닮아 있기에 _ J의 이야기

32
어느 봄날, 난간 위에서 그날의 꽃향기에 물들며 _ 나의 이야기

37
너를 원망하면서도 사무치게 그리워하는 나에게 _ J의 이야기

43
자유를 위한 하나뿐인 수단과 마주한 때에 _ 나의 이야기

48
내가 죽지 말아야 하는 이유를 강요받았다면 _ J의 이야기

55
나에게는 삶이 어울리지 않는 것 같아 _ 나의 이야기

61

있죠, 저 때문에 너무 슬퍼하지는 말아 주세요 _ J의 이야기

66

지는 꽃에는, 그다지 큰 용기가 필요하지 않아서 _ 나의 이야기

71

너의 장례식장에서 _ J의 이야기

75

만약, 만약 너를 안아줄 수 있었더라면 _ 나의 이야기

79

너만이 그들을 살게 한다는 것을 _ J의 이야기

85

아니, 나는 너를 막아 세우고 싶었다. _ 나의 이야기

91

너의 마지막 부탁을 마주한 채로 _ J의 이야기

96

그날의 봄은 어디쯤 있었는지 _ 나의 이야기

101

11월 마지막 주 ~ 12월까지의 블로그 기록 _ J의 이야기

105
죽음의 능동성과 삶의 수동성 사이 그 어딘가에서 _ 나의 이야기

110
네 꿈은 나에게로 와 더욱 밝게 빛나고 있기에 _ J의 이야기

116
나는 그렇게 하면서까지 살고 싶지 않아서 _ 나의 이야기

122
삶이 고생하며 살아갈 만한 가치가 있을까 _ J의 이야기

127
그럼에도 살거나, 그렇기에 죽거나 _ 나의 이야기

134
그날, 노인은 어떤 꿈을 꾸었을까 _ J의 이야기

141
죽음을 원하면서도 살아가고자 하는 우리이기에 _ 나의 이야기

145
누군가는 용기를 내어 변명해 줄 수 있지 않을까 _ J의 이야기

150
그렇기에 더 잘 살아보고 싶어졌다. _ 나의 이야기

155
폭풍 속으로 나아가려는 영웅이 되어 _ J의 이야기

160
연옥을 지키는 행복한 카토를 생각하며 _ 나의 이야기

167
이성과 믿음 사이에 닿을 수 없는 평행선을 그려볼 때 _ J의 이야기

173
인간의 가장 위대한 발명 _ 나의 이야기

177
죽음으로써 자유로웠던 이카로스를 생각하며 _ J의 이야기

183
삶의 순간들을 한 걸음씩 내디뎌 가며 _ 나의 이야기

188
죽음의 알약을 삼킬 용기 _ J의 이야기

194
그럼에도 나는 존중을 이야기한다. _ 나의 이야기

200
마치며 _ 다시, 우리의 이야기

어쩌면 나는 J의 선택이 비겁하다고
생각했는지도 모르겠다.
그건 네가 놓은 삶을 내가 이어가기
때문인지도.

하지만
그 생각도 잠깐.

붉게 물든 벚꽃 사이로, 나는 너를 잊을 수 없을 테니

4월엔 자살을 피함이 옳다.

벚꽃이 필 테고, 새붉게 물들 테고, 나는 너를 잊을 수 없을 테니.

J야. 다시 4월이 왔고, 네가 물들인 벚꽃이 피어난다. 흩날리는 벚꽃 아래서 너의 죽음이 다시금 떠오른다. 자살, 이 한 마디면 충분한 너의 죽음. 아무도 네가 품고 있던 생각이나 아픔에 관심 두지 않을 것이다. 너는 다른 사람들에게 상처를 안겨준 나쁜 사람이 되었을 뿐이니까. 그렇기에 사람들은 너의 죽음은커녕 너에 대해서도 더는 입에 올리지 못한다. 네 죽음은 세상에 알려져서는 안 되는 것이 되어버린 탓이다. 너를 기억하는 누군가는

April

너를 잃어 아프다는 말 한 번 하지 못한 채 침묵 속에서 살아가게 되겠지. 아직도 네가 이렇게 선명한데도.

그래서일까? 너를 떠나보내는 이 자리에는 몇 마디 추모의 말이 오가는 게 전부다. 네가 어떻게 죽었다는 사실은 지금쯤이면 다들 눈치를 챘을 테니까. 자살자를 추모하는 장례식은 더욱 무겁고, 어두운 법이다. 누군가는 고개를 젓고, 누군가는 혀를 차고, 누군가는 외면하면서. 그 짧은 추도로 자신의 도리를 다했다고 생각하는 사람들은 서둘러 이 무거운 곳을 떠난다. 자살한 네가 자신의 가족이 아니라는 데 대해서 안도의 한숨을 푹- 내쉰 채로.

그 잔인한 침묵, 나는 영정 속에서 환하게 웃고 있는 너를 바라본다. 그리고 너와 함께 해온 시간들을 떠올린다. 네가 그렇게나 좋아하던 블루베리 요거트 스무디를 마시며 한참을 산책하고 또 한참을 이야기 나누던, 그 빛났던 시간들을.

J야. 사실 나는 너를 원망하지 않는다. 네 자살이 전혀 섣부르지 않았으리라는 것을 잘 알고 있기 때문이다. 자살을 막연히 동경하지도, 그렇다고 죽음을 겁내면서 외면하지도 않던 너였다. 하지만 우리가 마주 앉아 삶과 자살에 관해 이야기를 나누었던 그 긴 시간 동안, 우리의 결론은 언제나 살아내는 것이었지 자살로 생을 마치는

것이 아니었다. 물론 우리는 언제나 자살을 상상하고, 엿보고, 동경해 왔지만, 우리에게 자살이란 마치 머나먼 타향에서 고향을 그리워하는 마음처럼 현실감 없는 것이었을 뿐이니까.

그랬던 너는 자살로써 삶과 죽음 사이의 지겨운 타협을 끝냈다. 자살과 마주했을 네 모습을 상상한다. 너는 죽음을 향해 나아가기를 망설이지 않았을 것이다. 스스로 나아갈 수 있는 한 끝까지 자신을 밀어붙였겠지. 물론 덜덜 떨고, 눈물을 흘리고, 두려움에 잠겼을 수도 있겠다. 그럼에도 너는 마지막 한 걸음을 내딛기까지 멈추지 않았다. 네가 자살하던 그때에 너는 온전한 너 자신이 되었다. 꽤 비참했지만 또 꽤 찬란하게, 자살로써 담뿍 자유로워진 네가 되어서.

너와 자주 걷던 벚나무 길. 그날따라 붉게 물든 벚꽃 사이를 걸으며 생각한다. 자살의 앞에 선 너는, 어떤 기분이었을까? 네가 언젠가 내게 말해주었던 것처럼 그 순간이 정말 행복했을까 아니면 두려웠을까? 그 마지막 순간에 너는 죽기를 바랐던 걸까 아니면 살기를 바랐던 걸까?

J야. 나는 네 죽음을 알아야 한다. 너와 함께 자살에 관해서 이야기 나누며 산책했던 소중했던 날들을 떠올리며, 다시 한번 너와 함께 걸어야 한다. 네 죽음을 이해하

지 못한다면, 그러니까 내가 네 죽음에 닿지 못한다면 나는 살아갈 자신이 없다. 나는 이 슬픔을 견뎌낼 수 없을 것이다. 그러니 네 죽음을 이야기해야만 한다. 나를 버려두고 떠난 네게 조금은 더 가까이 다가가야만 한다.

그렇게 나는 너와 함께했던 마지막 1년의 이야기, 우리가 우리였던 때의 이야기를 나눈다.

＊1년 전

봄은 죽음으로 피어난다.
죽음으로써 눈부시게 빛나는 봄이 흘러가고, 우리는 삶과 죽음 사이에 서있다.
벚나무에서 꽃비가 흩날리고, 우리는 느긋하게 그 죽음이 주는 안식을 바라본다.

떨어지는 벚꽃 잎에 대한 환호는, 죽음이 품은 아름다움에 대한 헌사가 아닐까.
우리는 삶과 죽음 사이에서, 각자의 세계로 흩어져 사라질 봄날의 시간 위에 서있다.

이제는 도저히 네 얼굴이 생각나지 않아서

J는 블루베리 요거트 스무디를 지나치게 좋아했다. 하루 두 잔을 마시는 것은 예사였고 한겨울에도 스무디 마시기를 포기하지 않았다. 아마 스무디로 만든 링거를 맞자고 해도 환하게 웃으며 팔을 내밀었을걸. 그래서였다. 내가 스무디를 마시는 사람만 보아도 네 생각에 빙그레 웃었던 이유가.

하지만 나는 그 웃음을 너무나 당연하게만 생각해 왔던 것일지도 모르겠다.

너의 자살 이후, 그 웃음도 함께 잃은 나는 너를 사무치게 그리워할 뿐이다.

언제부터인가 나도 습관처럼 스무디를 시킨다. 네가 그랬던 것처럼. 그럼에도 나는 네 얼굴을 떠올리지 못하고 있다. 너의 얼굴이, 이제는 생각나지 않는다.

누군가를 자살로 잃는다면 남은 사람의 삶은 결코 전과 같아질 수 없다. 남은 사람이 살아내야만 하는 삶은 악몽이 되어버린다. 어떠한 기쁨도 기쁨일 수 없고, 어떠한 행복도 행복일 수 없다. 아무리 맛있는 음식을 먹어도 네가 생각나 눈물이 흐르고, 아무리 즐거운 일이 있어도 너와 함께 하지 못한다는 자책에 오열할 것이다. 남은 이들은 숨조차 쉬어지지 않는 고통 속에서 비참한 하루를 힘겹게 살아간다. 너를 기억하기를 원하면서도 동시에 너를 잊고 싶어 하는 아이러니라니. 나는 어떡해야 할까. 어떻게 살아가고, 왜 살아가야 하는 걸까. 모든 순간과, 모든 장소와, 모든 생각 속에 네가 깊게 박여버렸는데.

J, 네 죽음은 참 아프다.

물론 네게도 죽음이 참 두려운 일이었겠다고 생각한다. 죽음 이후의 단절. 죽기 직전에 느낄지도 모르는 고통. 이 세상에 남아서 살아갈 사람들에게 상처를 주는 것에 대한 미안함. 그들과 함께 살아가지 못한다는 데 대한 아쉬움. 나는 어쩌다가 여기까지 떠밀려서 온 것인지에 대한 회한까지. 한 걸음, 한 걸음 죽음을 향해 나아가면서 네 앞에는 두려움이 가득 서려 있었으리라는 것을, 나도 쉽사리 짐작할 수 있다. 비록 그것이 섣부른 짐작일지는 모르겠지만……

하지만 - 잔인한 말인 것은 알고 있더라도 - 네가 죽기 전에 사무치는 두려움을 겪었다고 해서, 내가 겪어야 하는 아픔에 위로가 될 수는 없다. 아픔은 상대적이고, 너를 잃은 내가 견뎌야 하는 아픔은 그런 가벼운 위로로는 극복할 수 없는 것이니까. 자살로 세상을 떠난 너를 그리워할 때마다, 한겨울에 내린 첫 서리처럼 차가워지는 나의 마음을 어떻게 달랠 수 있을까? "그냥 발버둥치는 거지 뭐."라며 네가 버릇처럼 내뱉던 말로 이 상처를 감쌀 수 있기는 한 것일까? 발버둥을 치면 조금이나마 아픔이 덜할까?

J, 너는 나를 버렸다. 그리고 그 사실은 어떤 것으로도 포장할 수 없다.

그리고 동시에 비겁한 나는, 죽음을 향해 나아가는 너를 바라만 보았다. 너는, 누구보다 간절하게 발버둥을 치고 있었을 텐데도.

삶을 위한 삶.

그저 살아남기 위해 발버둥치는 우리 삶을 생각한다.

어떠한 아픔과 부조리에도 견디며 살아가는 우리의 삶을 돌이켜 보면, J의 선택이 참 비겁하고 나약한 것이라는 생각이 드는 것 또한 사실이다. 나는 어떻게든 살아남았는데 너는 견디지 못했다는 못난 우월감을 느낄 수도 있겠다. 하지만 그 우월감도 잠깐. 우리는 다시 '살아남기 위한' 부조리 속으로 몸을 던져야 한다. '그렇게 안 하면 죽으려고?'라는 단순하고도 치명적인 질문 앞에, 우리가 선택할 수 있는 선택지는 지극히 적고, 단순해 보인다.

　ㄱ. 살아가는 것,
　ㄴ. 계속 사는 것.
　……

하지만 이런 체념적인 살아감을 거부하는 사람들이 있다.

강요에 가까운 삶을 거부하는 이들. 더 나아가 그 시험지 자체를 찢어 버리는 그런 사람들. 그러니까 주어진 선택지가 아니라 자신의 선택을 존중하는 이들의 이야기다. 그들은 존엄하고, 자유로운 인간의 삶을 지향한다. 비록 그 삶을 위한 수단이 자살이라고 할지라도. '죽을 각오로 살아보라'는 뻔한 이야기가 아니냐고? 글쎄, 그 뻔한 이야기를 증명하기 위해서 난간에 서서 용솟음쳐 올라오는 바람을 느끼고, 선뜩하고 차가운 팽팽한 줄에 목을 가져다 대거나, 매캐한 연기 속에서 숨을 쉬어내며, 때로는 저 아래서 아무런 감정 없이 넘실대는 깊고 어두운 물을 바라보는 사람들이 지금 이 순간에도 존재한다면, 과연 그 이야기가 뻔하게만 느껴질까?

죽기 위해서 죽는 사람은 없다. 누군가가 자살을 했더라도, 그에게 자살은 목적이 아니었으리라는 뜻이다. 즉, 우리에게 자살은 결코 수단 이상이 될 수 없다. 자살은 더 나은 삶을 위한 발버둥일 뿐이니까. 자살했다고 해서 그들이 죽음에 빠져있지도 않고, 이유 없이 죽고 싶어서 몸부림치는 것도 아니다. 다만 그들은 인간의 가치를 지켜내기를 원했을 뿐이다.

존엄성을 지키기 위해 자살을 선택한다니.

우리는 존엄성을 지키기 위해 기꺼이 죽음을 선택할 수 있는 용기를 갖고 있다. 그리고 그 정도의 용기가 있다면 고통을 겪기보다 죽음을 선택하는 것이 더 합리적인 선택일 수 있다. 사는 것이 죽음을 선택하는 것보다 괴로운데, 그럼에도 죽는 것이 불합리한 선택이라고는 생각하기 어렵다. 조금 더 나은 길로 나아가겠다는 우리의 시도가 평가절하 당할 필요 또한 없는 일이다.

인정한다. 내가 틀렸을 수도 있다. 아니, 조금 더 솔직히 말하자면 나는 이 세상에서 아무도 자살을 하지 않기를 간절히 바라고 있다. 우리 중 그 누구도 자살을 생각하지 않는다면, 우리가 모두 기꺼이 그리고 행복하게 살아가고, 우리 중 누구도 사랑하는 사람을 자살로 떠나보내지 않을 수 있다면. 그래서 자살에 관해서 이야기하는 내가 바보 취급을 당할 수 있다면. 아, 그러면 얼마나 행복할까.

하지만 우리는 알고 있다. 자살이 없는 세상은 이미 꿈속의 이야기일 뿐이라고. 지금 이 순간에도 누군가는 자살로 목숨을 끊고, 누군가는 자살을 절실하게 원하고 있다. 자살을 향해 나아가는 수많은 발걸음을 떠올리자. 한 명 한 명 치열하게 비명을 지르는 이들 말이다. 자살의 공포 앞에서 내지르는 비명은 더욱 잔인하다. 하지만 그들은 단순히 비명을 지르는 데서 끝내지 않는다. 그 비명들 사이로 '나는 존엄할 권리가 있다.'는 외침이 들려온다. 자신의 존엄성이 사라지면 죽겠다는 이들의 목소리는 또렷하고, 명료하다. 그들은 자기 자신의 죽음으로 우리 삶에 '자살'이라는 선택지가 있음을 보여준다.

그렇다면 여기서 질문은 하나로 수렴한다.

'과연 우리는 이 선택지를 고를 용기가 있을까?'

J가 일하는 카페에 놀러 가서 커피를 내놓으라고 닦달한다.

J는 내가 아는 한, 세상에서 가장 맛있는 드립 커피를 내릴 줄 아는 사람이었다.

몇 번 배우고, 똑같은 원두를 받아왔는데도, 나는 그 맛을 흉내 낼 수 없었다.

손님이 몇 없는 새벽녘의 카페에서

세상 최고의 드립 커피를 홀짝이며 봄을 누리는 시간.

그때야말로 내가 누릴 수 있었던 최고의 순간 중 하나가 분명했다.

나는 J에게 수많은 '최고의 순간'을 빚졌다.

그리고 갚을 기회도 얻지 못한 채, 너를 잃었다.

늦봄이 지나간다. 어느덧 내 삶의 봄은 J, 네 이름이 되었다.

다시 봄을 지나며, 너를 그린다.

April

우리의 세상은 너무나도 닮아 있기에

가을볕은 사람을 홀린다. 그리고 공교롭게도 J와의 첫 기억은 어느 해의 가을, 볕을 쬐며 함께 길을 걷던 순간에 맺혀있다. 바스락, 낙엽 밟는 소리와 우리를 감싸 안은 따스한 햇볕은 정말이지 완벽했다. 그래서였을까. 가을빛처럼 푸르고, 가을볕처럼 따스했던 우리는 서로가 생각하는 '완벽한 순간'을 이야기하기 시작했다.

서로를 알게 된 지 얼마 되지도 않은 그날의 우리. 그런데도 어떻게 그렇게나 깊고 솔직한 마음속 이야기를 나눌 수 있었던 것인지, 아직도 잘 모르겠다. 아마 가을볕이 우리를 홀린 것이겠지. 다만 그날의 일기 속 나는, 그 순간을 너무나 즐겼던 것 같다. 그때의 우리가 서로에게 솔직했었다는 것만큼은 그 무엇보다 확실했으니까.

우리는 이야기를 나누었다. 그 무엇보다 행복했던 순간에 관한 이야기를.

삼겹살 한 쌈 가득 입에 넣고 우물우물 먹을 때, 첫사랑과 맛있는 점심을 먹기로 약속했을 때, 오랜 친구를 만날 때, 누군가에게 고백을 받고 그 사람과 처음 손을 맞잡은 때, 봄밤 꽃길 사이로 사랑하는 사람과 함께 걸어갔던 때……. 정말 수많은 시간이 떠올랐고, 우리는 웃고 떠들며 그 순간들을 함께 나누었다. 이런저런 이야기 속에 몽글몽글 피어나는 따스한 마음은 우리를 가득 채웠다.

대화의 끝 무렵이었을까.

J는 잠시간의 침묵 이후에 무엇인가를 결심한 것처럼, 눈을 감고 작은 목소리로 이렇게 이야기했다.

"자살하기 직전, 어쩌면 그 순간의 완벽함도 있지 않을까요?"

"네?"

"저는 자살이 나쁘다고 생각하지 않아요. 비겁한 도피나 패배라고 생각하지도 않고요. 사실 저는 자살이 많은 것을 바꿀 수 있다고 생각하는 편이거든요. 내가 겪는 불합리한 고통에서 나를 해방시켜 줄 수단이기도 할 테고……. 그렇다면, 지금 이 순간이 너무나 멋지고, 행복하고, 아름다워서. 눈물이 날 것처럼 이 순간이 소중해서 자살을 생각하고, 선택할 수도 있지 않을까요?"

전혀 예상하지 못했던 이야기. 하지만 내가 남몰래 품고 있는 생각과 너무 닮은 이야기였다. 놀란 나는 J를 바라보았고 잠시 침묵이 흘렀다. 나는 내가 아는 모든 단어와 표현을 샅샅이 살피며 J의 말에 어떻게 답해야 할까 궁리하고 있었고, J는 그런 나를 바라보며 말을 이어갔다. 자신이 삶에서 겪은 좌절과 아픔을, 그 때문에 겪어야 했던 사무치는 고통을, 나아가 그 고통 속에서 마주한 '지금'의 의미를. 그 짧은 이야기의 끝에 J는 이런 말을 조금 힘주어 꺼냈다.

"저는 있죠, 우리한테 '자살의 권리'가 주어져야 한다고 생각해요. 우리가 사람답게 살아가기 위해서는 말이죠."

혼자 너무 많은 말을 했다고 생각했는지 J는 곧 이야기를 멈추었지만, 그 침묵은 결코 어색하거나 기분 나쁜 것이 아니었다. 무엇보다 나는 J의 '실수'가 너무나도 반가워 살며시 미소 지었다. 그날의 우연한 대화가 아니었다면, 나는 J가 나와 같은 생각을 한다는 것을 알 수 없었을 테니까. 자살이란 쉽사리 꺼낼 수 있는 대화 주제가 아니다 보니, 나 또한 다른 사람들에게 자살에 관한 이야기를 거의 한 적이 없다. 물론 자살에는 침묵하는 것이 사회적으로 당연한 일이었기 때문이기도 했지만, 그 규칙을 깰 만큼 용기가 없었던 탓이기도 했다. 그리고 그런 내가 자살에 관해 이야기를 나눌 수 있을 누군가와 만나는 생소한 경험은, 크리스마스 선물을 미리 받은 것처럼 너무나도 기쁜 일이었다.

세상에는 아무런 적의나 속셈 없이 다른 사람을 기꺼이 자신의 세계로 초대하는 이들이 있다. 그들이 환한 미소와 함께 기쁜 마음으로 건네준 초대장을 받아들 때, 그 초대를 거절하기란 여간 어려운 일이 아니다. 내게는 J가 우연히 건넨 초대장이 그랬다. 나는 그 초대장을 기꺼운 마음으로 받아들였고, J에게도 똑같이 나의 초대장을 건네주었다. 우리는 그렇게 서로의 세계 안으로 앞서거니 뒤서거니 조금씩 잠겨갔다. 아마 우리의 마음이 너무나 닮아있었기 때문이었는지도 모르겠다.

* 10개월 전

J에게서 전화가 온다.

병원이라고, 심심하니까 놀러 오라고 억지를 부린다.

얘가 이러면 답은 뻔하다. 자살을 시도했거나 자해를 한 것이겠지, 아니 둘 다일 수도 있고.

J의 어머니께서는 이야기할 게 없어서 그런 걸 자랑하느냐며 J의 등을 때리신다.

아프다고 외치는 네 목소리가 수화기 너머로 들려온다.

그래, 너는 맞아도 싸다.

어느 봄날, 난간 위에서 그날의 꽃향기에 물들며

어느 4월. 맑고, 선선하고, 벚꽃이 눈부시던 어느 날. 나는 그날에 내가 병으로 겪고 있던 지겨운 고통을 끝내려 하고 있었다. 잔인하고 치열한 고통을 겪으며, 나의 봄은 영원하게 저물었으니까, 내가 할 수 있는 것은 이 악몽을 끝내는 것이었다. 숨조차 쉴 수 없는 고통. 이 고통에서 벗어나려는 나의 바람은 그 무엇보다 간절했다. 그 간절한 바람을 위해서라면 무엇이든 할 수 있었다. 그 수단이 '자살'이라고 하더라도.

아, 자살.

나는 책상을 정리하고 차분히 걸어나가 난간 위에 섰다. 수백, 수천 번 상상해왔던 나의 마지막. 그 마지막 상상이 현실이 되려 하고 있었다. 난간에 서니 봄 향기 가

April

득 담은 포근한 바람이 나를 물들였던 것도 같다(물론 그때의 나는 꽃향기 같은 건 느낄 수 없었겠지만).

고개를 내려 아래를 바라본다. 너무 높지도, 그렇다고 낮지도 않은 적당한 높이. 이 정도면 한순간에 나의 존재를 끝낼 수 있을 것 같았다. 방법은 간단했다. 뒤꿈치만 약간 들면 됐으니까. 그 약간의 용기와 단 몇 초간의 시간이면 나의 삶은 - 그리고 나의 고통은 - 끝을 맺을 것이다. 간단하고 빠르게, 그리고 영원히⋯⋯.

그동안 왜 이 생각을 못 했을까, 참 멍청하기도 하지. 내 멍청함에 피식 웃으며 눈을 감았다.

뒤꿈치를 들었다.

⋯⋯. 물론 지금 이 글을 쓰고 있으니까 당연한 소리겠지만, 그날 나는 죽지 못했다. 마지막 순간에 이르러 수명의 사람들이 나를 제지했고, 나는 그들을 끝내 뿌리치지 못했다. 영원한 평안이 잠깐의 소동으로 끝났고, 그날 나는 참 많이도 울었다.

지긋지긋한 아픔. 나는 지금도 나를 자살로 몰고 갔던 고통을 겪고 있다. 아마 나는 죽기 전까지 이 고통을 뼈저리게 느껴야만 할 것이다. 이 치열한 고통을 겪어야 한다는 데서 오는 극심한 좌절감은 그 뒤로도 나를 몇 번이

나 더 죽음으로 내몰았다. 그럼에도 나는 살아있다. 물론 그런 극단적인 경험을 겪으면서도 나는 고통을 겪는 것에 담담해지지 않았다. 다만 그때보다 조금은 더 고통에 익숙해지고, 조금은 더 고통을 참는 법을 배웠을 뿐이다. 그리고 무엇보다, 나는 이제 내가 원한다면 언제든 자살이라는 수단으로 이 고통을 끝낼 수 있다는 것을 안다.

대부분 그렇게 생각하겠지만, 오랜 시간 자살을 꿈꾸고, 상상해왔던 나조차 '사는 것'이 당연하다고 여겼다. 그러니까, 수백, 수천 번 자살을 상상하고, 바라고, 꿈꾸었지만 내 시선은 언제나 삶에 가 있었다. 물론 자살을 하거나 자살을 앞둔 다른 사람들을 존중하는 법도 잊지는 않았다. 그럼에도 내심 자살은 나의 삶과 거리가 있는 일이라고 생각해왔다. 그런 내가, 헤어나올 수 없는 고통에서 벗어나기 위해 간절하게 찾은 것은, 아이러니하게도 자살이었다. 언제나 자살을 생각하며 버틸 수 있었다. 내가 원할 때면 언제든지 삶을 끝낼 수 있다는 사실이 나에게 준 위안은 그 얼마나 큰 것이었는지. 그러니 결국 자살이 나를 살게 했다면 지나친 역설일까?

처음 난간 위에 선 그때를 돌아본다. 약간의 몸짓만으로도 영원한 자유를 얻을 수 있었을 것만 같았던 처음의 그 순간을. 그때 자살은 나에게 조용히 이야기를 건넸다.

그 꼴이 사는 것이냐고, 두려움과 고통 속에서 벌벌 떠는 것이 네가 살아가고자 하는 인간적인 삶이냐고. 도대체 왜 그런 삶을 이어가야 하느냐고.

나는 그 질문에 답을 하지 않았다.

높은 곳에 설 때면 으레 덜덜 떨리던 다리가 그 떨림을 멈추었던 것만으로도 충분한 대답이 되었기에. 그래 이렇게 살아갈 바에는 단 하루를 살더라도 자유롭게 사는 것이 낫겠다. 비겁한 삶보다 당당한 죽음이 더 나은 게 분명하다. 이 답변에 확신이 생긴 순간, 나는 뒤꿈치를 들었다. 아무런 고민이나 걱정 없이.

나는 증명하고 싶었다. 자살 속에서 살아갈 수 있음을. 그리고 내가 자살과 어떻게 함께 살아가는지를.

J는 가끔 내가 무슨 생각을 하는지 모르겠다고 투덜댔다.
표정 변화도 딱히 없고, 목소리도 그대로니 도대체 어떻게
아느냐며.

어쩔 수 없는 일일 수도 있겠다.
나는 네게 몇 가지 비밀을 감추어 두었으니까.
이를테면 예전에 내가 저지르려고 했던 자살 시도와 같이.

나는 네가 아는 것보다 죽음에 가까이 머물고 있었고.
또 네가 아는 것보다 더더욱 죽음을 바라고 있었다.

나는 그 사실을 철저하게 감추려 노력했다.
가뜩이나 무거운 짐을 짊어진 네게, 나의 죽음까지 안겨주고
싶지는 않았다.
그건 내가 감내해야 할 나의 몫이었으니까.

April

너를 원망하면서도 사무치게 그리워하는 나에게

약속시간에 약간 늦은 J가 손가락에 붕대를 감고 씩씩 대며 온다. 이 멍청이가 집에서 나오려다가 바람 때문에 닫히는 문에 손가락이 찍혀 손톱이 부러졌단다. 아파 죽 겠다고 세상에 있는 모든 욕을 해가며 나에게 하소연하 기에, 나는 이렇게 답해주었다.

"야, 너는 혼자서 진짜 별 쇼를 다 하고 다닌다. 아, 그 냥 참아. 혼자 뭐 하는 거야 그게."

J는 억울한 듯 이렇게 말한다.

"나는 아픈 게 제일 싫다고!"

누군들 안 그러겠느냐만, J는 고통을 너무나 싫어했다. 다만 J가 싫어하는 고통은 손이 찍히는 것처럼 가벼운(?)

것이 아니었다. 비록 J가 엄살이 심하기는 했지만, 그 정도는 참아낼 줄 알았다. 하지만 J는 모욕, 굴욕, 모멸과 수치심으로 자신의 존엄성이 무너지는 그 순간의 아픔을 견뎌내지 못했다. 인간인 내가 인간답게 살아갈 수 없다는 것을 자각할 때의 좌절감이란 말로 다 할 수 없을 테니까. 그런 아픔을 마주한 때면 J는 절대 참지 않았다. 그 뒤에 어떤 일이 기다리고 있을지라도 맞섰고, 사과를 요구했고, 상황을 바꾸어 냈다. 자신의 존엄성이 무너진 그 자리에서 한 걸음도 뒤로 물러서거나 타협하는 법이 없었다. 그것이 J가 자신의 존엄성을 존중하는 방식이었다.

J는 꿋꿋이 살아갔다. 그런 J를 보고 "당연히 살아야지, 죽을 수는 없지 않으냐?"라고 이야기할 법도 하다. 하지만 J는 그런 말을 들으면 늘 싸늘한 목소리로 "왜?"라고 반문했다. "지금 당장 내가 고통을 받고 있는데 살아가야 할 이유가 있을까? 인간으로서 존엄해야 하는 내가 더는 존엄할 수 없다면, 굳이 억지로 버텨가며 살아갈 필요는 없을 것 같은데?"라고 이야기를 이어가면서.

우리는 "겨우 이 정도도 못 견디느냐?"라는 끔찍한 질책을 받으면서 삶의 시간을 견뎌내고 있다. 분명 아프고 슬픈데도 아프다고, 고통스럽다고 말 한마디 하지 못한 채 바보처럼 살아가고 있는 것이다(물론 나도 그 바보 중

한 명이고). 누구나 그렇게 살아가고 있다는 비겁한 변명 아래서 꾸역꾸역. J는 우리가 고통과 아픔 속에서 억지로 살아야 할 필요가 없다고 생각했다. 그럼에도 우리가 억지로라도 살아가는 이유는, 삶의 고통에 너무 익숙해졌기 때문인 것 아니냐고 반문하며.

우리는 매번 가벼운 마음으로 자살을 모욕한다. 자살로 말미암은 죽음은 도피라고, 비겁한 선택이라고, 가족과 친구 같은 사랑하는 사람들의 마음에 칼을 꽂아 넣는 행위이자 사회적 배신행위라고 이야기하며. 하지만 과연 이런 오명이 적절한 것일까? 자살은 삶에 대한 패배인 걸까? 우리는 이 합리적 의문까지 금기시하고, 포용하지 못하는 사회에서 숨이 막히도록 살아가고 있다. 쓰는 것도, 이야기하는 것도, 어쩌면 생각하는 것도 금기인 바로 그 자살을 똑바로 바라보지도 못한 채로.

하지만 우리, 이제는 눈을 돌려 자살을 바라보자. 자살은 아무것도 망치지 않는다. 자살을 한 사람들은 결코 괴물이 아니다. 반항아도, 혁명가도 아니다. 심약자도, 사회적 낙오자도, 패배자일 리도 없다. 그들은 그저 한 명의 사람이다. 자신의 존엄성을 지켜내기 위해 자살을 선택한 사람. 자살했다는 이유 하나만으로 존엄도, 예의도 없이 끌어내려지는 나의 사랑하는 사람 말이다.

그 사실을 알고 있었기 때문이었을까. J는 늘 자살의 정의를 다시 써야 한다고 주장해왔다. '존엄성이 침해받았을 때, 그 존엄성을 지키기 위해 자유의지로 자신의 목숨을 끊는 행위'라고. 인간을 인간이게 만들어 주는 존엄성과 자유의지 같은 가치들을 빼앗긴다면, 우리는 인간으로서 어떻게 살아가야 할까? 아니, 왜 살아가야 하는 걸까?

누군가는 자살했다는 이유만으로 최소한의 존엄도 받지 못한 채 모욕당한다. 언급도, 회상도 할 수 없다. 하지만 지금 우리가 해야 할 일은 그렇게 사그라진 이들을 다시 한번 그리워하는 것이다. 최소한 그들은 자유로웠다. 그리고 우리가 가지고 있지 못한 용기를 갖고 있었다. 죽음 앞에서 회피하거나 망설임 없이 당당할 수 있는 그런 용기를.

나는 J가 밉다.

나는 자살을 통해 혼자만의 자유를 찾은 J를 원망했다. 다시는 떠올리기조차 싫다고 읊조린 것도 여러 번이었다. 하지만 J를 내 기억 속에서 지우려고 애쓰면 애쓸수록, J를 향한 그리움이 차오른다. J는 왜 죽었을까. 자신이 늘 이야기한 대로 삶을 지키기 위해서는 아니었을까. 존엄한 삶을 지켜내기 위해서 죽음을 선택해야 하는 잔인한 역설. 이처럼 자살은 수많은 역설을 낳는다. 누구보다 죽음을 두려워했지만, 그럼에도 또 누구보다 죽음 앞에 용감했던 J. 그리고 그 J를 원망하면서도 사무치게 그리워하는 나처럼.

---

*8개월 전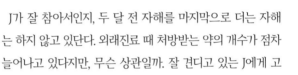

J가 잘 참아서인지, 두 달 전 자해를 마지막으로 더는 자해는 하지 않고 있단다. 외래진료 때 처방받는 약의 개수가 점차 늘어나고 있다지만, 무슨 상관일까. 잘 견디고 있는 J에게 고마울 뿐이다.

아니, 어쩌면 그런 J를 묵묵히 바라보고 있는 나 자신에게 고마운 것일 수도 있겠다.

결국 J도, 나도 궁극적인 목표(?)는 죽음이었다. 오해할 것은 없다. 굳이 자살이 아니더라도 우리는 언젠가 죽을 테니까. 그럼에도 굳이 '목표'라는 단어를 쓴 것은, 죽음에 '도달'하는 것을 달리 표현할 단어가 없어서였다. 그렇게 삶과 죽음 사이 그 어딘가에서 함께 일렁이고 있는 우리에게, 죽음이란 궁극적인 이상향이었다.

우리에게 결국 삶이라는 것은 고통이었고, 죽음은 그 고통에서의 해방이었으니까.

삶을 살아간다는 모순에 따르는 아픔과 메스꺼움을 참아내기 위해 우리는 온 힘을 다해왔다. 그리고 제법, 평범한 사람 흉내를 내며 잘 살아오고 있다.

점차 삶과 죽음 사이의 모순에서 괴리감이 느껴지는 것도 사실이건만, 그럼에도 그 사이에서 우리는 '죽음을 위해 살아보려고' 온 힘을 기울인다

자유를 위한 하나뿐인 수단과 마주한 때에

의외로 J와 나는 서로를 잘 몰랐다. 자살이라는 민감한 주제까지 진솔하게 이야기하면서 서로 잘 모른다니 믿기 어렵다고 할 수도 있겠다만, 그때의 우리에게는 그게 당연했다. 마치 그러기로 약속이나 한 듯이. 그 소리 없는 약속이 얼마나 철저하게 지켜졌느냐면, 우리는 서로의 이름조차 만난 지 4~5개월이 지나서야 나누었다("그런데 정말 궁금해서요, 도대체 이름이 뭐예요?"라고 멍청한 표정으로 물으며). 나이도 나보다 한 살 많다는 사실도 나중에야 알았다. 죽음이나 자살까지 스스럼없이 이야기할 수 있는 사이는 무척 드물겠지만, 그때의 우리는 아마 서로 잘 몰랐기에 더욱 솔직할 수 있었는지도 모르겠다.

'자살의 자유'

그 당시 J와 나의 주된 대화 내용이었다. 물론 자살에 관한 우리의 생각은 종종 다른 사람들의 오해를 불러일으키고는 했다. '도대체 지금 무슨 소리를 하는 거야? 어떻게 자살이 자유와 연결되는 거지? 이 글, 자살을 우호적으로 바라보는 것을 보니, 자살을 조장하려는 것 아니야?'라는 섣부른 비난과 함께.

자살에 관한 우리의 주장이 꽤 극단적으로 보일 수 있다는 것을 알고는 있다. 하지만 J와 내가 자살의 자유에 관해서 이야기를 나눈 이유는 단 하나였다. 삶에서 겪는 아픔과 좌절, 절망과 실패의 경험 하나하나가 우리에게는 씻을 수 없는 고통이었으니까. 그래, 어쩌면 삶이라는 것은 고통과 고난의 연속일지도 모르겠다. 평안하고 행복한 내세를 약속할 테니, 지금 겪는 고통에도 충실하게 살아갈 것을 설파해온 모든 종교의 가르침처럼. 또 삶의 의미와 그 속의 고통을 가르치고 토론하던 철학의 학파들과 같이. 그리고 평생을 고통 속에 살았던 고흐, 자살로 생을 마감한 헤밍웨이, 끊임없이 삶의 의미에 대해 질문을 던진 니체는 물론이고, 지금 이 순간에도 고통스러운 삶을 살아냈고, 살아가는 과거와 현재의 무수한 '우리'가 겪고 있는 만큼.

만약 우리가 '삶은 고통'이라는 표현에 고개를 끄덕일 수 있다면, 자연스레 삶에 대한 깊은 회의와 마주할 수밖에 없다. 나는 왜 살아야 할까, 어떻게 살아야 할까. 그리고 나는 어디까지 버텨낼 수 있을까. 언제 끝날지 모르는 고문 속에서 살아가다가, 가끔 툭 주어지는 행복의 부스러기에 의지하며 사는 것이 삶이라면, 우리의 삶이 너무나 비참한 것은 아닐까. 우리가 고통 속에서 살아가는 것이 당연한지 고민을 할 수밖에 없지 않을까?

J와 나는 그 고통에서 최대한 빨리 자유로워지는 법을 찾고자 했다. 조금은 섣부르고, 서투르지만 그럼에도.

그런 우리가 내린 답은 자살이었다.

우리 사회는 자살을 금기시하고, 부정한다. 그런 사회의 구성원으로서 자살의 권리를 이야기하는 것은 '미친 짓'이 되기 쉽다. 하지만 우리가 '아, 모르겠다, 그냥 될 대로 돼라.'는 식의 방종이 아니라, '인간으로서 고통스러운 삶의 구속에서 자유롭게 벗어날 권리가 있다.'는 자유를 이야기하는 이상, 우리는 자살의 자유를 당당하게 이야기할 수 있는 권리를 갖고 있다.

우리가 태어난 것은 우리의 의지가 아니었다. 하지만 살아가는 것은 다르다. 하나하나가 나의 선택이다. 그 결과에 관한 책임도 순전히 나에게 있다. 그게 당연하다고 믿고 살아왔고 또 그렇게 배워온 것은 물론이다. 실제로 하나의 선택이 우리 삶에 얼마나 큰 영향을 끼치는지, 우리는 눈물 나게 잘 알고 있지 않던가.

하지만 죽음 혹은 자살만큼은 우리가 가진 선택의 자유가 부정된다. 사는 것은 선택할 수 있음에도, 죽는 것은 선택할 수 없다니. 나의 삶을 나의 선택으로 끝마치고자 하는데 그것을 다른 사람들이 막아선다니. 우리에게 이 주장은 억지에 불과했다. 선택의 가능성 자체를 거부당한다는 것을 우리가 어떻게 받아들여야 할까. J와 나는 이런 억지를 이해할 수 없었다.

어느 날 J는 나에게 자신이 꽤 오래전에 자살을 시도한 적이 있었다고 고백했다. 그 순간에 누군가 J를 살렸고, 며칠이 지나 의식을 되찾았다며 이야기를 이어갔다. 정신을 차린 J는 한참을 흐느꼈다고 했다. 두려움이나 아픔 때문이 아니라 다시 눈을 떠야 한다는 사실이 너무나도 서글펐기 때문에. "나에게 삶은 고통이었고, 자살은 그 고통에서 도망치기 위한 마지막 수단이었어. 그리고 나는 죽음의 자유마저 빼앗기는 것이 너무나 끔찍했거든. 그래서 울었나 봐." 이 말을 하며 J는 자신의 왼팔을 보여주었다. J가 느꼈던 아픔과 슬픔의 흔적이 오랜 시간 동안 켜켜이 아로새겨져 있는 왼팔을.

이런 의문의 끝에서 J, 그리고 나는 자유를 위한 수단으로써의 자살을 이야기한다.

---

*7개월 전

입원한 J의 병문안을 간다. 보호자의 동의가 있으면 병동에서 나올 수 있다는 규정이 있기에, 서명하고 카페로 향한다. J는 나에게 무슨 노트를 보여준다.

"이거 봐, 목차야."

"무슨 목차?"

"책을 써보고 싶어졌어, 그러니까 내 상황에 관한 책 말이야. 컴퓨터만 있으면 빠를 것 같은데 일단 손으로 쓰고 있어."

나는 J를 바라본다.

평소 자신이 병이 있다고 생각하지도 않는 J가, 스스로 병을 인식하고 그걸 책으로 남기고 싶어 한다니. 아니, 다른 누구도 아닌 J가?

J는 말을 이어간다.

"뭔가, 그 있잖아. 기억되면서 기억되지 않고 싶은, 그런 마음이야."

내가 죽지 말아야 하는 이유를 강요받았다면

J가 입원했단다. 어디를 다쳤느냐는 질문도 얼버무리고, 정말 괜찮으니까 병문안도 오지 말라고 우기는 걸 보니 뻔하다. 이번에도 자살을 시도했거나 잘 쳐줘 봐야 자해를 해서 입원한 것이 틀림없다. 저번에 자해했던 J에게 짜증을 있는 대로 냈더니 찾아가는 것이 부담스러웠나 보다. 하지만 나는 J가 자해를 했을 때 주로 입원하는 병원을 알고 있었고, 그 병원은 J의 집에서 그다지 멀지도 않았다. 피를 꽤 많이 흘렸을 테니 고기나 사 먹여야겠다는 생각으로 설렁설렁 병원으로 향한다. 한 손에는 J를 골려주기 위해 정성껏 쓴 편지를 한 통 들고서.

편지라고 해도 별 새로울 것은 없다. '죽지 말아야 하는 이유'를 싫증나고, 지루하고, 뻔하고, 비논리적인 방식

April

으로 담아낸 것일 뿐인데, 대충 이런 식이었다.

"J야, 얼마나 아프니. 그런데 너도 알다시피 삶은 기적
같은 거야. 왜 죽을 용기로 살면 다 살아진다더라, 너는
용기가 있으니 잘 살 거야. 사노라면 언젠가는 좋은 일
이 오지 않겠어? 아무리 그래도 살아야지. 삶이 있는 한
희망은 있다고 하더라. '살자'의 반대말은 '자살'……. 아
니, 거꾸로 썼구나. '자살'의 반대말이 '살자'라고 하잖니.
죽는 것보다 사는 게 더 낫다더라. 사실 다 먹고살자고
하는 일이잖아? 그리고 개똥밭에 굴러도 이승이 낫다던
데 이런 좋은 세상을 놔두고 왜 죽으려고 하니. 하고 싶
은 걸 하나하나 하다 보면 뭔가 더 삶의 의지가 생길 거
야. 널 사랑하는 사람들을 위해서라도 살아보려 노력해
야 한단다. 지금은 네가 종교를 갖고 있지는 않지만 그래
도 자살하면 천국에 못 간다고 하더라. 그리고 우울증이
고 뭐고 전부 다 나가서 운동하면 해결되는 문제라더라.
그러니까 죽으려고 하지만 말고 잘 살아 보도록 하자. 네
가 언제나 삶을 살아가고 싶어지기를 바랄게. 우리 J 파이
팅!"

J와 내가 장난삼아 이런 식의 편지를 주고받아왔지만,

사실 우리는 '죽지 말아야 하는 이유'에 단 한 순간도 동의하지 않았다. 출처를 알 수 없는 무분별한 긍정에도, 1+1=2처럼 당연한 소리를 반복하는 것이나, 살아야 하니까 살아간다는 말장난에도 동의한 적 없다. 무엇보다 우리는 고통을 참으면서 살아야 할 이유가 없다고 생각해 왔다. 우리에게 그런 삶은 부조리한 것이었으니까. 하긴, 어쩌면 우리의 삶 자체가 부조리의 연속일 수도 있겠다지만.

우리는 오랫동안 삶이라는 부조리를 강요받아왔다. 자살로 인한 도피는 나약함이라는 치욕적인 오명을 쓴 채로. 하지만 정작 삶의 고통 속에서 살아가고 있는 우리의 의사는 철저하게 배제된다. 분명 나의 삶인데도 내가 배제되는 당황스러운 경험을 하게 되는 셈이다.

나의 삶에서 내가 배제된다면, 우리는 자신의 삶을 '버릇'처럼 살아가게 된다. 우리는 '살아버릇했으니 산다.'는 말이 심심찮게 사용되는 세상에서 살아간다. 지금까지 살아왔으니 앞으로도 살아간다는 체념. 고통에도 살아가야만 한다는 강박적 생존. 죽으면 안 된다는 생각으로 이어지는 관성 같은 삶이 우리를 이끈다.

물론 J와 내가 지금 "여러분! '죽지 말아야 하는 이유'라고 해봐야 어차피 말장난인데, 이 개 같은 세상 살아서 뭐 합니까! 그냥 나가 죽어버립시다!"라고 외치는 것이 아니다. 나는 다른 누군가를 자살로 내몰지 않는 것은 물론이고, 그렇게 할 생각조차 없다. 다만 나는 나의 삶의 이유, 그러니까 내가 '죽지 말아야 하는 이유'를 다른 사람이 규정할 수 없다고 이야기하는 것뿐이다. 삶을 살아가기 위한 당신의 사투가 존중받아 마땅한 것처럼, 고통뿐인 삶에서 벗어나기 위한 나의 분투도 존중받아야 한다는 생각으로.

삶이 행복만으로 채워질 수는 없다. 누군가가 그것이 가능하다고 말하면 우리는 그를 허풍선이라고 부를 것이다. 우리는 잠깐의 행복 뒤에 더 큰 고통이 닥쳐온다는 것을 안다. 행복을 향해 '나아가는 것'은 숨이 차는 일이지만, 불행의 나락으로 '떨어지는 것'은 쉽고, 빠르고, 간단하다. 행복이 높으면 그 높이 이상의 불행이 닥쳐와 우리의 삶을 뒤흔들어 놓는다. 불행을 행복으로 겨우겨우 덮으며 살다가 죽음을 맞이하는 게 인생이라면, 우리가 겪는 이 고통에는 무슨 보람이 있을까? 그것이 사는 것이라면, 우리는 이 삶을 왜, 어떻게 이어가야 할까? 이것이 우리가 죽지 말아야 하는 이유인 걸까? 차라리 '헛되고 헛되니, 모든 것이 헛되도다.'라는 전도서의 지혜를 빌리는 것이 더욱 합리적인 해석이 되는 것은 아닐까?

나는 도대체 우리가 왜 개똥밭에서 굴러야 하는지를 모르겠다. 어째서 죽을 용기로 살아야 하는지도 모르겠고, 무엇 때문에 나의 존엄성을 포기하면서까지 살아야 한다고 생각하는지도 모르겠다. 무슨 이유로 존재하는지도 모를 신 혹은 지옥을 생각하며 공포에 떨어야 하는지 알 도리도 없다.

이처럼 '죽지 말아야 할 이유'를 가만히 보고 있자면, 우리는 삶의 역설과 마주한다. 우리는 인간으로서 언젠가는 죽을 수밖에 없으면서도 죽음을 두려워한다. 있지도 않을 것을 상상하며 공포에 빠지는 것은 물론, 굴복할 필요도 없는 것에 굴복하고, 피할 이유도 없는 것을 피한다. 이렇게 표현하면 너무 혹독하다고 할지도 모르겠다. 하지만 우리가 빠진 모순을 설명하는 방법은 이것밖에 없다. 이 모순 앞에서 우리는 우리의 삶을 잊고 허상을 좇으며 살아간다. 형태도, 질량도 없는 형편없는 허상을.

병원에 가 보니 J는 역시나 자해를 했고(자살 시도가 아니라 자해였다고 우겨대며), 한쪽 팔에 붕대를 감고 깁스를 한 채 누워 있었다. 책을 보던 J에게 적어갔던 편지를 내던졌다. 일기에 쓰지는 않았다만, 아마 참 다정하고 사랑스러운 욕설과 함께였겠지. 그리고 편지를 조금 읽던 J도 다시 내게 편지를 내던지며 욕을 퍼부었다. 아이고, 우리 J, 어쩌면 욕도 그렇게 차지게 잘하는지.

　병원 측에서는 J가 자해를 너무 많이 한 탓에 자칫 잘못하면 근육이나 신경이 괴사할 수도 있다고 했지만, J는 그다지 신경 쓰지 않는 눈치였다. 그래서 나 또한 의연한 척 J의 이야기를 들었다. 자해나 자살시도에 관한 한 그 욕구를 참아내려는 J의 노력이나, 다른 사람들의 지지로도 어떻게 할 수 있는 문제가 아니란 것을 잘 알고 있으니까. 끊임없는 충동에 누구보다 고통받을 사람은 J일 것이고 나는 절대 그 마음을 이해할 수 없을 테지.

　하지만 다시 이런 일을 벌인 J가 괘씸하긴 하니까 데려가 고기를 사준다는 계획은 없던 것으로 하기로 한다. J, 얘를 진짜…….

J는 더위가 기승을 부리면 영 힘을 못 썼다.

집에서 나오려고 하지도 않고, 에어컨이 없는 곳에서는 움직이는 것을 거부했다.

하긴 너는, 이 멍청이야, 네가 한 자해 때문에 긴팔 옷을 입고 다녔으니까.

더위도 많이 타는 애가 왜 자해를 해서 사서 고생하는지 모르겠다.

나에게는 삶이 어울리지 않는 것 같아

내가 J의 자살을 의심할만한 이유는 없었다.

J가 습관적으로 자해해서 입원했고, 그의 마지막 선택이 자살이었다고 해서, J가 평소에 우울하거나 냉소적인 모습을 보이는 일은 없었으니까. J는 오히려 나와 정반대에 서 있었다. 항상 에너지가 넘쳤고, 새로운 모험을 즐겼으며, 다른 사람에게 환한 미소를 보여줄 수 있을 정도로 여유로웠다. 가끔 J와 연락이 닿지 않을 때가 있었는데, 그럴 때면 J는 정말 연락이 닿을 수 없는 곳에 있었다. 한겨울 설산의 꼭대기나 한여름 어느 바닷속처럼. J는 정말 여기저기서 불쑥 나타났고, 또 그걸 꽤 즐겼다.

J는 여권을 항상 가방 속에 넣어 다녔다. 네가 "아, 진짜 덥다."라고 말하면, 그다음 날에는 다른 나라의 바닷

속에서 다이빙 장비를 한 아름 걸치고 탐험을 즐겼다. 하루는 "눈 가득 쌓인 거 보고 싶다."라는 말과 함께 일본으로 사라지기도 했다. J의 부모님께서는 J와의 오랜 실랑이 끝에 J가 어디 있더라도 놀라지 않기로 약속하셨고, 나는 J가 여행 경비를 마련하기 위해 밤을 새워 가며 아르바이트를 하던 카페에 종종 놀러 가기도 했다.

그런 J였는데도, J는 종종 "나에게는 삶이 어울리지 않는 것 같아."라고 이야기를 하고는 했었다. 질투가 날 정도로 삶을 가득 채워 살아가는 것처럼 보이던 J까지도, 삶에 싫증을 느낀 사람처럼. 정작 살아가는 것이 안 맞는 옷을 억지로 입은 것처럼 불편하고 답답하게 느껴진다고 고백한 것이다. (그리고) 그 말을 할 때 지어 보였던 J의 표정이 아직도 생생하다. 살아가면서도 살아감을 벅차하는 J에게 내가 해줄 수 있는 말은 없었다. 그런 네게 위로가 무슨 소용일까. 조금 더 살아보자는 권유는 또 무슨 의미가 있을까.

"내가 오늘 첫 담배를 피웠다는 것 아니겠니."

나는 기껏해야 겉 담배를 피운 거 아니었냐고 놀림을 섞어 이야기했지만, J는 남은 담배를 버리면서 이렇게 이야기했다. "그런데 있잖아, 이 정도면 충분히 가득 채운 삶 아닐까?"

가득 채운 삶이라니? J가 무심코 던진 그 단어를 일기에 옮겨 적을 때쯤, 나는 J의 생이 곧 끝나리라는 것을 직감했는지도 모르겠다. 왜인지는 모르겠다. 우리의 삶이 완성되었다면 미련 없이 죽을 수 있지 않겠느냐는 J의 말이 그날처럼 생생하게 다가온 적이 없었기 때문이었을까. 버킷리스트라는 거창한 이름까지 붙일 생각은 없었다. 어차피 버킷리스트의 어원도 자살 시도와 관련된 것이니까. 다만 J는 자신이 누릴 수 있는 자살의 자유를 이야기할 뿐이었다. 물론 J는 조심스럽게 자살 생각을 하는지 묻는 나에게 무슨 말도 안 되는 소리를 하고 있느냐며, 자신은 안 죽는다고 이야기하면서 한참을 웃었지만.

하지만 그 뒤 J는 자살했다. 내가 아는 한 그것이 J가 나에게 했던 유일한 거짓말이었다.

안락사 혹은 조력자살에 어렵지 않게 동의하던 사람들도 자살의 자유를 이야기하는 것은 망설인다. 무책임한 죽음을 불러일으킬 것이라는 우려부터, 참고 기다리다 보면 언젠가는 좋은 날이 올 것이라는 막연한 긍정까지. 핑곗거리는 많고 많다.

하지만 존엄성이 무너진 고문과도 같은 삶. 이 고문만 참아내면 밝은 미래가 있다고 확신할 수 있을지라도, 고문을 당하고 있는 사람은 '지금' 살이 찢기고 피를 흘린다. 바로 이 순간에 인간의 존엄성이 박탈되는 셈이다. 그리고 나는 아직까지 자살을 막으려는 법과 제도 그리고 사회의 문화와, 폭력의 차이점을 발견하지 못했다. 우리가 아무리 바란다고 한들 미래는 현재에 존재할 수 없다. 우리는 죽을 권리가 배제된 채로, 고통을 겪으면서도 살아가도록 강요받는 일의 잔인함에 애써 눈 감고 있다.

생명의 소중함을 이야기한다. 하지만 지금 당장 고통을 겪는 인간의 생명과 존엄함은 어디에 있는 걸까? '모든 인간은 존엄하다.'는 선언은 왜 지금 당장 고통을 겪는 이들에게는 그토록 야박할까? 오히려 나는 이런 주장에서 인간의 만용과 나약함을 목격한다. 다른 사람의 존엄까지 사회의 가치에 맞추려 하는 만용, 그리고 죽음에 대한 두려움 때문에 죽음마저 통제하고 싶어 하는 나약함 말이다. 그 만용과 나약함으로 고통받는 이들의 아픔을, 우리가 어떻게 받아들여야 할까?

이제 우리는 다른 누군가가 겪고 있는 생의 비참함을 존중하는 방법을 배워야만 한다. 또한, 다른 사람의 삶을 자신의 잣대로 평가하려는 습관도 버릴 때가 된 것 같다. 우리에게는 고통에 몸부림치는 이들의 죽음을 막을 권리가 없다. 도대체 우리가 무슨 권리로 다른 사람의 '힘듦'

을 평가하고, 점수를 매기는 것일까. 또 무슨 권리로 다른 사람이 선택한 자살을 막을 수 있는 걸까. 누군가는 간절하게 삶을 원하듯이, 또 다른 누군가는 간절하게 죽음을 원할 수 있다는 사실을 인정하는 것. 그것이 삶과 죽음 사이에서 살아가는 우리에게 주어진 올바른 답이 아닐까?

J가 퇴원했다. 보통 정신과 병동에서는 3주 정도 있으면 퇴원한다는데, J는 거의 6주를 꽉 채웠다.

J는 병원을 꽤 답답해했다. 약은 매번 바뀌었고, 부작용을 겪었고, 밖에 나갈 수 있는 것도 1시간여의 산책에 불과했으니까. 그렇기에 나는 최대한 자주 방문하여 J와 함께하려 노력했다. 특히 블루베리 요거트 스무디를 좋아하는 J를 위해, 카페에 데려가 스무디를 사 먹이는 것도 그 노력의 일환이었다.

매번 오갈 때마다 간호사가 주머니를 살펴보는(혹시 위험물품을 소지했을까 봐) 번거로움을 감수하고서라도 J는 밖에 나가고 싶어 했다. 그렇게 스무디를 한 잔 들고서 병동에 들어갈 때면 J는 늘 웃고 있었다.

그런 J를 나는 이렇게 놀리고는 하는 것이었다.

"야, 너 병원 밥 먹으니까 살쪘어, 병원이랑 잘 맞는가봐, 이참에 더 있어."

J는 "야, 시끄러워."라고 대답했지만.

있죠, 저 때문에 너무 슬퍼하지는 말아 주세요

'저 때문에 너무 슬퍼하지는 말아 주세요.'

J, 너의 9줄짜리 유서. 너는 세상에 남기는 마지막 편지까지 다른 사람을 위한 걱정으로 채웠다. 그래, 너는 죽음을 앞에 둔 그 순간까지도 다른 사람을 걱정해 주는 좋은 사람이었다. 그리고 너는 모르겠지만, 너를 아는 사람 중 그 누구도 너의 마지막 당부를 지키지 못했다. 좋은 사람이었던 너는 너만큼 좋은 사람들과 함께했었던 모양이다.

J의 유서를 보았던 날을 기억한다. J 답지 않게 꾹꾹 눌러 쓴 글씨에, J 답지 않은 고운 말로, J 답지 않은 차분함을 담아 써 내려간, 그래서 참 J 같았던 유서. J의 유서는 진지했지만, 장난기가 넘쳤다. 내가 알던 J가 항상 그래

왔던 것처럼.

언젠가 J와 유서에 대한 생각을 나눈 적이 있었다. 그때 J는 이렇게 말했다. "나중에 '혹시' 유서를 쓸 일이 오거든 나 때문에 슬퍼하지는 말아 달라는 내용을 담으려고." J는 말을 이어갔다. "아무리 근본 없이 살아온 나라고 하더라도, 내 죽음으로 누군가는 슬퍼하지 않을까? 부모님이나, 아니면 너라도. 그런데 나는 나의 소중한 사람들이 내 장례식장에 오면 행복한 시간을 보냈으면 좋겠거든. 그러면 나도 행복해질 것 같아, 정말로. 아니면, 아예 장례식장을 클럽처럼 만들어 달라고 유서에 써볼까? DJ 불러다 놓고 클럽 음악 빵빵 울리게? 진짜 해주나 안 해주나 테스트도 해볼 겸." J의 장난기 어린 미소에 나도 씩 웃었다.

누구나 웃을 수 있는 장례식. 그런 장례식은 나 또한 간절하게 바라왔다. 우리는 슬픔 대신 웃음으로 계속 살아가야 할 사람들의 헛헛함을 채워주고 싶어 했다. 우리의 장례식장에서 떠들썩하게 웃음소리가 울려 퍼지면 안 될 이유는 또 무엇일까. 이런 엉뚱한 생각은 자신의 죽음 뒤에도 남아서 살아갈 이들을 위한 배려이자 위로였다.

J는 종종 "내가 사랑하는 사람이 자살로 고통에서 벗어날 수 있다면, 그것도 썩 나쁘지는 않을 것 같다."라고

이야기했다. 오히려 내가 사랑하는 사람이 고통을 겪으면서도 내 옆에 있기를 바라는 것이 이기적인 생각일 수밖에 없지 않겠느냐며. J와 내가 나누었던 자살의 이야기는 종종 '이기적 추모'로 끝을 맺었다. '너의 자살로 내가 느낄 슬픔은, 떠나간 너를 위한 것인지 아니면 너를 그리워할 나를 위한 것인지 어떻게 알 수 있을까?' 만약 소중한 사람이 고통을 겪고 있는데 이제는 제발 편해지게 해 달라고, 나를 잡지 말아 달라고 부탁한다면 그 부탁을 거절할 권리가 우리에게 있겠느냐는 질문이었다.

나는 그 질문에 아무런 대답도 하지 못했다.

지금 와서 돌이켜보니 내가 J의 질문에 대답하지 못한 이유는, J가 얼마나 큰 아픔 속에서 살아왔는지를 잘 알고 있기 때문이었을지도 모르겠다. 나는 하루하루 살아내는 것이 고통이라고 말할 때의 네 간절한 눈빛을 보았고, 그럼에도 살아가기 위해 발버둥치는 너의 모습을 꽤 오랜 시간 동안 지켜보아 왔다. 알약 삼키기를 유독 힘들어하던 네가 살기 위해 수십 알의 알약을 먹으려 애쓰는 모습을 바라보았으며, 한여름에도 긴팔 옷만을 입어야 했던 너의 아픔을 나누었다. 그럼에도 온 힘을 쥐어 짜내 웃으려고 애쓰던 너의 고통의 깊이도 너무나 잘 알고 있었다.

나는 네가 죽음을 간절히 원한다는 사실을 알았지만,

동시에 네가 버틸 수 있으리라는 근거 없는 희망을 품었다. 너의 죽음이 두려웠지만, 그 두려움을 애써 억누른 채 잊으려 노력했다. 너만은 괜찮을 것이라고 아니, 괜찮아야만 한다고 생각했다. 그래야만 너와 함께할 수 있었다. 또 그래야만 너를 추억할 필요도 없을 테고, 내 세상에 별다른 변화도 없을 것이다. 그러니까 나는 네가 살았으면 좋겠다고 생각했다. 아니, 너는 살아야만 했다.

그렇기에 다른 모두가 나에게 '너는 할 수 있을 만큼 했어.'라며 위로해도, 나는 안다. 이제 나의 이기적인 마음을 고백해야 한다는 것을. 적어도 내가 흘렸던 눈물이 죽은 너 때문이 아니라 앞으로 너 없이 살아갈 걱정에 빠져있던 나 때문이었던 이상, 나는 이기적이었다. 나는 너와 함께 하고 싶다는 생각만으로 너를 대했다. 네 아픔을 알았지만 무시했고, 너의 아픔을 이용하려 들었다. 그러니까, 나는 너와 이별하고 싶지 않았다.

그래, 나는 네가 죽지 않기를 바랐다.

너를 위해서가 아니라, 너무나 이기적이었던 나를 위해서.

겨울이 다가온다. 아니, 이미 겨울인가.

J, 너는 겨울을 참 좋아한다. 포슬포슬 내리는 눈도, 싸늘한 새벽 공기도, 모든 게 얼어붙는 날씨와 긴팔 옷도, 크리스마스도, 따듯한 국물에 곁들이는 소주 한 잔도.

봄에 태어난 너는, 겨울을 즐기는 법을 알았다.

네가 겨울을 맞이하는 방식이었다.

지는 꽃에는, 그다지 큰 용기가 필요하지 않아서

J가 퇴원한 어느 날로 기억한다. 술을 마시겠다는 너를 뜯어말리고, 나만 술을 마셨다. 혼자 마셔서인지 다른 날보다 금방 취해버렸고, 나는 술기운에 J에게 이렇게 말했었다. "어우, 도대체 자살하는 사람들은 어떻게 하는 거지? 나는 그 순간이 정말 무서울 것 같은데, 너도 알잖아 나 겁 많은 거." J는 피식 웃으며 내 말에 동의를 표했다. 그리고 나는 J를 향해 강냉이를 집어 던지며 이렇게 이야기했던 것으로 기억한다. "나는 네가 자해하는 것도 엄두가 안 나니까 그만 좀 해라."라고.

사실, 자살에는 그다지 큰 용기가 필요치 않다.

꽃이 저물어 떨어질 때 별다른 용기가 필요하지 않은 것처럼.

난간에 서서 눈 감고, 한두 걸음 내디딜 정도면 자살에 가닿기 충분하다. 사실 큰 용기는 아니지만, 그 용기 한 번이 많은 것을 바꾸어 낼 수 있다. 죽음이 두렵지 않다면 거짓말이겠다. 하지만 그 마지막 한 걸음은 겁 많던 J도 그리고 나도 기꺼이 내디뎌 볼 만했다. 그러니까 간절하게 죽을 이유를 품은 사람에게 자살이란, 그렇게 어려운 일이 아닐 수도 있지 않을까.

강박적인 자해, 습관적 유서의 작성, 자살에 대한 반복적 생각과 그로 말미암은 정신 병동 입원. J는 누가 봐도 '자살 고위험군'이었다. 한 번은 담당 교수님이 J는 언제 죽어도 이상하지 않으니 즉시, 장기간 입원이 필요하다고 권한 적이 있었다. 물론 J는 죽을 때 죽더라도 그렇게 입원하기는 싫다고 답했다지만……

결국 J는 입원 권유를 받은 지 10개월여쯤 지나 자살했다. 과연 그때 입원을 했더라면 이 결말은 달라졌을까? 이제는 알 수 없는 일이다. 하지만 내가 지금 말하고 싶은 것은 J가 자살을 했던 방식에 있다. 내가 매번 '쫄보'라고 놀렸을 정도로 겁 많은 J는 정작 자살의 앞에서는 망설이지 않았다. 오히려 한 편의 춤처럼 당당하고, 용감하고, 빠르고, 굳셌다. J는 당당하게 삶을 마무리했다. J가 우리에게 보여준 것은 용기였을까, 만용이었을까?

다만, 자살에 별다른 용기가 필요하지 않은 것과는 별개로, 죽음의 문턱이 생각보다 높다는 사실도 인정해야 한다. 다시 말해, 자살을 시도해도 정작 죽음에 이르지 못하는 경우가 많다는 뜻이다. 죽으려고 결심했더라도 죽지 못한다는 것. 자살을 시도한 누군가에게는 그것이 좋은 일일지, 나쁜 일일지 모르겠다. 하지만 다시 눈을 뜬 그 순간에 느껴지는 헛헛함과 차오르는 눈물, 그리고 사무치는 외로움은 무엇이라고 말해야 할까.

사실 J는 꽤 많은 자살 시도를 했었지만, 죽음에 이르지는 못했다. '부주의하게도' 방문을 잠그는 것을 깜빡했다거나, '공교롭게도' 가족이 귀가하는 시간에 맞춰 자살 시도를 하는 등, J는 삶과 죽음 사이에서 자신의 운을 시험이라도 하는 것 같은 행동들을 이어나갔다. 물론 가족들이 받았을 충격과 아픔을 생각 못 할 J는 아니었다. 그럼에도 J는 내게, 그 수단만이 자신이 살아가는 것을 느낄 수 있는 유일한 방법이라고 이야기했다. 죽음을 마주해서야 살아가는 자신을 느낄 수 있다니. 이 아픈 고백은 다른 누군가가 함부로 재단할 수 없었다.

물론 J는 우리가 모두 알고 있는 것처럼 쉽고 효과적인 자살의 방법을 알고 있었다. 그 수단을 선택한다면 J는 빠르고, 간단하고, 고통 없이(아마도) 죽을 수 있었을 것이다. 하지만 J는 그 방법을 아끼고 아끼며 삶과 죽음 사이에서 위태로운 외줄 타기를 이어가는 것을 선택했다. 아니, 어쩌면 J는 죽고 싶은 만큼이나 간절하게 살아가기를 바랐는지도 모를 일이다. 그래서 자신의 삶을 운에 맡겼을 테고, 그 미련마저 사라진 때에 이르러서야 죽음으로써 자신의 삶을 마무리했던 것은 아니었을까.

J는 자신이 준비했던 미흡한 자살시도에서 매번 살아남았지만, 그때마다 몸에 상처를 하나씩 더해갔다. 마치 J가 품은 삶의 무게를 보여주는 것처럼. J는 흉터를 가리기 위해 한여름에도 긴팔 옷을 입고 다녀야만 했다. 나는 가뜩이나 더위를 많이 타는 J에게, 한여름에 입는 긴팔 옷이 제일 수상해 보인다고 농담을 건네기도 했지만, 사실잘 알고 있었다. 그 흉터에 담긴 네 고민과 아픔, 두려움을. 그리고 다시는 바라보고 싶지 않은 삶의 흔적들을. 나는 그 아픔을 보지 못한 척 네 삶에 대한 예의를 지켜야했다.

J가 완성된 원고를 보여주었다.

'살아감'에 대한 글. 삶의 고통을 온몸으로 겪어내고 있는 J가 살아감을 이야기한단다.

도대체 어떻게 그게 가능한 걸까. 그럼에도 살아내겠다는 생각을 어떻게 하는 걸까. 그 아픔을 어떻게 극복할 수 있었던 걸까.

그게 가능은 한 것일까.

너의 장례식장에서

J의 장례식장.

사실 나는 나조차도 놀랄 만큼 침착하고 차분했었다. 장례식장에 가장 먼저 도착한 나는, 이런저런 짐들을 정리하고 조문객을 맞이할 테이블 준비를 도왔다. J의 어머니는 이미 울다가 쓰러지셔서 병원으로 모셔졌고, 아버지는 멍하니 J의 영정만을 바라보셨다. 영정 속에서 네가 웃고 있었고, 아이러니하게도 네 영정 사진은 네가 가장 행복했다고 이야기해 주었던 여행지에서 찍은 사진이었다. 이것저것 일들을 돕고 나서 영정사진을 마주한다. 아직 조문객이 오기 전이라 네 영정사진을 오래 볼 수 있었다. 아버지께서는 내게 고맙다고 인사를 해 주셨고, 나는 아무 말도 할 수 없었다.

나는 J의 장례식장에서 끝내 울지 않았다. J와의 약속을 지킨다든지 하는 거창한 이유는 아니었다. 그냥, 그 광경이 너무나도 현실감이 없어서 그랬던 것 같다(물론 J가 원했던 대로 장례식장에서 EDM 파티가 벌어지는 일도 없었다). 이 시간쯤이면 네가 "날도 시원한데 맥주나 마시러 가자."라며 나를 불러낼 것 같았다. 그러니 영정사진 속 네 모습을 보고도 그러려니 넘어갈 수 있었다.

병원에서 돌아오신 J의 어머니가, J의 당부였다고 하시며 내게 J의 유언장을 보여주셨을 때에도 나는 역시 울지 않았다. 그저 담담히 고개를 끄덕이고 감사하다고 인사드렸을 뿐. 지금 와서 돌이켜보니 그때의 내 기분은 조금 기분 나쁜 꿈을 꾸는 것과 비슷했던 것 같다. 언젠가 이런 일이 벌어질 수 있을 것 같다고 막연히 생각은 했었지만, 그게 오늘이어서는 안 되었다. 아니, 일어나서는 결코 안 되는 일이었다.

장례식장에서 나와 그 앞에 흐드러진 벚꽃을 바라보았다. 노란 가로등 불빛이 새 붉은 벚꽃 잎을 감싸주었다. 몇 송이 벚꽃 잎이 내 앞으로 떨어진다. 손바닥을 내밀어보지만 야속하게도 하늘하늘 날리던 벚꽃 잎은 내 손을 잡아주지 않았다. 또다시 벚꽃이 떨어진다. 참 아름답다는 생각을 한다. J 네가 참 좋아하던 꽃이었는데. 그 아래서 맥주 한 캔 하는 것을 그렇게나 즐기던 너였는데. 더는 그런 찬란한 순간을 함께 누리지 못하리라는 생각에 닿자 그제야 네가 죽고 없다는 사실이 사무치도록 생생해졌다.

늘 일기를 남기던 블로그에 오늘을 기록해야 했다. 블로그 애플리케이션에 들어갔지만 이내 창을 닫고 핸드폰을 껐다. 그래, 이게 다 무슨 소용일까. 맥주 한 캔 들고 벤치에 앉았다. 참 이상하지, 그렇게 앉으니 그제야 네가 나의 옆에 있는 것처럼 느껴졌다. 그리고 그렇게 해서야 나는 너를 잃었다는 것을 깨닫는다.

바람이 불었다. 벚꽃 잎이 은하수처럼 쏟아져 내렸다.

J가 울었다.

장난기 넘치던 J는 간데없고, 힘없이 눈물 흘리는 J만이 있다.

J의 어머니가 방바닥에 흩뿌려진 피를 닦으며 오열하셨단다. 그만 좀 하자고, 제발 그만 좀 하자고. J는 그런 어머니의 말씀에 아무 대답도 하지 못했다고 했다. 그저, 어머니와 함께 눈물 흘렸을 뿐.

만약, 만약 너를 안아줄 수 있었더라면

죽음은 우연처럼 피어나서 필연과도 같이 번진다. 넝쿨처럼, 불길처럼 어쩌면 곰팡이처럼.

지워도 지워지지 않을 것이다. 어디선가 다시금 살아나 또다시 모든 것을 뒤덮고는 한다. 죽음은 그렇게 다른 누군가를 죽음으로 몰아넣고서야 끝을 맺는다. 아니, 끝이 아니라 시작인 걸까?

내가 J를 잃었던 것처럼, J 또한 사랑하는 이를 자살로 잃은 경험이 있다. J의 절친한 친구였는데, 갑작스레 전달된 부고 문자로 그의 죽음을 알게 되었다고 했다. J는 그 문자를 멍하게 읽고 또 읽었단다. '불과 얼마 전까지 그렇게 환하게 웃던 그 친구가 자살했다고? 그게 말이 돼?' J는 받아들이지 못했다. 아니, 받아들일 수 없었다. 네가 이렇게 떠나갈 수는 없는 일이었다. 이런 식의 이별은 결코 너의 몫이 아니었다. 정말, 정말 이럴 수는 없었다.

나는 사랑하는 누군가를 떠나보내고 난 뒤에 찾아올, 그 미칠 것 같은 고통의 무게를 — 감히 이렇게 표현하는 것이 허락된다면 — 잘 알고 있다. 물론 나는 누군가를 자살로 잃어본 사람만이 자살에 대한 논의에 참여할 수 있다고는 생각하지 않는다. 자살에 대한 논의에는 문턱이 있으면 안 된다. 우리는 언제든 자살을 생각하고, 의견을 나눌 수 있어야만 한다. 그럼에도 자살로 소중한 사람을 잃은 경험에 관한 한, 그 감정을 '이해'한다는 것이 참 어려운 일이라는 사실을 부인하기는 어렵다. 질병, 사고 때문인 죽음 또한 충격과 아픔으로 다가온다. 하지만 스스로 목숨을 끊는 자살은 질병이나 사고 때문인 죽음보다 더한 충격을 가져온다. 그리고 그 상실을 채워나갈 방법 또한 없다.

이제 그들이 없는 세상에서 어떻게 살아가야 할까? 짐작조차 할 수 없다. 고통이 들이친다. 죄책감, 후회, 분노, 우울, 두려움, 원망, 외로움, 서운함, 아픔. 말로 다 할 수 없는 온갖 감정이 온몸과 마음을 휘감는다. 그 끝을 알 수 없는 감정에 빠져드는 것이다. 지금 이 순간에 슬픔과 고통을 꾸역꾸역 겪어내고 있는 나에게로.

우리는 그 치열한 고통을 이해하지 못한다. 이해 못 할 고통은 더욱 괴로운 법이고 그런 만큼 우리는 자살을 원망한다. 어쩌면 우리는 자살을 원망하기에 인간적일 수도 있겠다. 죽음으로 사랑하는 누군가를 떠나보내게 된다면, 죽음의 슬픔을 이겨내는 데는 이해할 만한 '원망의 대상'이 간절히 필요해진다. 예를 들어 나이, 질병, 사고처럼. 원망의 대상이 있다고 아픔이 사라지지는 않지만, 적어도 다른 무언가를 원망은 할 수 있으니까. 아무리 거칠더라도 이유 있는 고통은 더 수월하게 견딜 수 있기도 하고.

하지만 내가 겪는 이 고통이 너의 자살 때문이라면 어떨까? 우리는 자살을, 그리고 자살한 너를 도저히 이해할 수 없다. 내가 너의 죽음을 탓하려면 너를 원망해야 하는데, 어떻게 사랑하는 너를 원망할 수 있을까. 그렇기에 우리는 원망의 대상을 잃어버리게 된다. 사실 원망할 대상이 없다는 사실은, 우리에게 엄청난 충격이다. 너는 분명 죽었는데 나는 그 이유를 모른다. 나는 원망의 대상이 필요한데 아무리 찾아봐도 원망의 대상이 없다. 그러니 너를 향한 원망은 곧 나를 집어삼킨다. '만약'이라는 가정과 함께.

'만약' 너와 조금 더 이야기했더라면, 너를 한 번 더 안아주었더라면, 네 손을 놓지 않았더라면, 너에게 모진 소리를 하지 않았더라면, 네 이야기를 한 번 더 들어주었더라면, 너와 함께 블루베리 요거트 스무디를 한 잔 더 마셨더라면……. 만약 그랬다면 네가 죽는 일은 없지 않았을까. 우리는 만약이라는 굴레에 빠진다. 결국, 너의 자살은 내가 이해할 수 없는 잔인하고, 고통스러운, 나 자신을 갉아먹는 괴물이 되어버리고 만다.

결국 우리는 생각한다. 차라리 네가 나 때문에 자살했기를. 원망의 대상이 나 자신이 되더라도, 그래서 내가 나를 용서할 수 없게 될지라도 괜찮다. 너를 잃은 순간부터 내가 느껴야 하는 고통이 더욱 크고 깊으니까. 오히려 나 자신을 원망하고, 용서하지 않는 편이 더 견디기 쉬울 것만 같다. 그렇게 나는 '만약'이라는 자기 경멸 속으로 잠겨간다. 자살한 너를 따라서 나도 그렇게 조금씩, 서서히 죽어간다.

과연 시간이 지난다고 그 상처에 굳은살이 박일 수 있을까? 네 자살은 예리한 칼날이 되어 그 상처를 다시 비집고 들어올 텐데. 당연한 일인지도 모르겠다. 네가 앉아 있던 자리, 네가 좋아하던 음식, 네가 즐겨보던 책. 이 세상 모든 것이 네 흔적인데 내가 어떻게 평안을 얻을 수 있을까. 오히려 시간이 지날수록 만약이라는 가정은 더 깊고, 아프기만 하다.

너를 잊을 수도, 기억할 수도, 원망할 수도 없는 시간
만이 속절없이 흐른다.

---

*4개월 전(1)

J가 또 병원에 입원했다. 상처가 깊다는 것 외에는 자살 시도
였는지, 자해인지는 알 수 없다. 다만 확실한 것은 J가 또 다른
고통을 겪어냈다는 것이다.

그래, 이런 식이었다. 자신의 안에서 북받치는 고통을 참고,
참고, 참다가 미치기 직전에 이르면 살기 위해서라도 자신에게
고통을 안겨야 하는 벌. 그래야 버텨낼 수 있는 벌. 그 반복적
이고 계속되는 충동과 고통 속에서 너는 살아간다.

너는 울지도, 아파하지도, 슬퍼하지도 않았다. 그저 멍하게
누워 창밖만을 바라볼 뿐이었다.

너만이 그들을 살게 한다는 것을

세계의 절반은 죽음의 몫이다.

그러니 우리가 죽음과 함께 살아갈 수 있다면, 우리의 세상이 얼마나 넓어질까.

하지만 죽음과 함께 살아가는 것이 말처럼 쉬운 일은 아니다. 우리는 죽음 자체를 금기시하기 때문이다. 물론 죽음 앞에서 손뼉 치고 나발을 불어볼 수도 없는 노릇이라, 죽음에 조심스럽게 접근하는 것은 얼마든지 이해할 수 있다. 그럼에도 죽음에 대한 논의 자체가 가로막혀서 이야기를 나누기조차 힘든 상황을 생각해 본다면 놀라지 않을 수 없는 일이다.

J가 이 글을 쓴다면 조금은 달랐을까?

J는 언제나 말하기 어려운 것을 가볍게 이야기하는 재

주가 있었다. 다른 사람들이라면 이야기를 시작하는 것 자체를 꺼릴 법도 한데, J는 과감하게 이야기를 꺼내서 재미있게 풀어냈다. J가 가장 이야기하기 좋아하는 주제는 물론 자살이었다. 그렇다고 J가 자살을 희화화했던 것은 아니다. J는 자살을 원하는 사람이 으레 그런 것처럼, 자살을 존중하는 것을 잊지 않았다. 그리고 지금 이 순간에도 누군가는 자살하거나, 자살하려 한다는 것을 항상 떠올렸다. 그 고통을 섣불리 짐작하려 하지 않은 것도 물론이다. 그럼에도 자살에 대한 J의 이야기가 유쾌할 수 있었던 것은, J가 자살을 따스한 시선으로 바라보았기 때문이다.

하지만 언제나 유쾌할 줄 알았던 J의 자살 이야기도 멈칫, 끊기는 지점이 있었다. 그 유쾌하고 장난기 넘치는 J마저도 이 주제를 마주하면 항상 침울한 표정을 하기 십상이었다.

바로, 자신의 죽음 뒤에도 살아가야 하는 사람들에 관한 이야기였다.

우리를 사랑하고 관심을 쏟아주는 사람들. 아무 대가 없이, 우리가 살아있다는 것만으로도 우리에게 한없는 사랑을 주는 이들을 떠올린다. 그럴 때면 우리는 죽음으로 그들의 옆에서 떠나가는 것이 옳은지에 대한 고민에

휩싸이고는 했다.

　사실, 나는 이 부분을 쓰며 자살로 누군가를 떠나보낸 사람들의 심경을 묘사할 수 있을 만한 비유를 생각해 보았다. 하지만 아무리 생각해도 그 아픔이나 슬픔을 감히 표현할 수 있는 비유가 없었다. 그들이 우리에게 품고 있는 사랑의 크기와 너비조차 짐작이 가지 않는데, 우리가 자살하고 난 후 그들이 흘릴 눈물과 아픔을 다른 무엇에라도 비유하는 것은 불가능한 일이었다.

　J의 아버지는 J의 장례 기간 내내 단 한 번도 울음을 보이지 않으셨다. 매일 3끼를 다 드셨고, 말끔하게 면도를 하셨다. 문상객들과 이야기를 나눌 때면 살짝 미소도 지어 보일 수 있으셨다. 나는 그 담담함과 의연함이 내심 너무나 놀라웠다. 아버지라는 존재가 너무나 커 보였던 것도 같다. 하지만 J가 화장장으로 들어가기 전 마지막 인사를 할 때, 관을 붙잡고 터뜨리셨던 오열을 나는 아마 평생……, 평생 잊을 수 없겠지.

　한 명의 인간이 그렇게 사무치고, 저미게 울 수 있을까. 홀 전체를 가득 메우는 J 아버지의 오열은 예리한 칼날보다 더 예리하게 남은 모두의 가슴을 후볐다. 사무치는 슬픔을 표현할 때 우리는 '세상이 무너지는 슬픔'이라고들 한다. 하지만 그 순간 J의 아버지에게 세상 따위는 아무래도 좋았다. 아니, 세상이 무너져 당신이 느낄 이별의 고통을 삼킬 수 있다면 얼마나 좋을까. 당신의 모든 것을 잃더라도 J를 다시 볼 수 있다면, J의 아버지는 기꺼이 그렇게 했을 것이다. 이제는 보내주어야 한다고, 그만하시라고 일가친척 네 분이 아버지를 모시려 해도 관을 잡고 오열하는 그 손을 떼어낼 수 없었다. 그 어떠한 묘사도, 그 어떠한 비유도 그날 우리가 바라본 아픔의 편린조차 내보일 수 없을 것이다. 죽음보다 더한 아픔이 있을 수도 있다는 것을, 나는 그날 목격했다.

그날 바라보아야 했던 울음은 아팠다. 너무나도.

너를 사랑한다면, 그리워하고, 아끼고, 좋아하고, 함께하고 싶다면, 너와의 이별은 나의 모든 것을 앗아가게 된다. 사랑을, 내일을, 희망을 그리고 너를. 시작이 끝이 되어버릴 것이다. 내가 품은 빛나던 것들은 모두 깨어져 버릴 것이다. 불꽃은 꺼지고, 바람도 불지 않을 것이다. 남은 것은 침묵과 어둠, 그리고 고통과 오열뿐이다.

나는 감히 그 아픔과 고통을 평가할 수 없다. 내가 할 수 있는 것은 그저 지켜보는 일뿐이니까. 그 아픔을 글로조차 담아낼 수도 없는 내가 무엇을 할 수 있을까. 당신의 생명보다 너를 더 사랑했던 이들이 겪을 아픔은 그 무

엇으로도 감쌀 수 없을 것이다. J야, 너만이 그들을 살게
하였나 보다. 네가 그들을 죽게 만든 것처럼.

---

* 4개월 전(2)

제발, 제발 좀 그만하자고 오열하셨던 어머니의 울음이 계속
떠오른다고 했다.

도대체 어디서부터 잘못된 것인지, 왜 내가 여기까지 온 것인
지,

이 팔의 상처는 무엇이고, 내가 겪어내고 있는 이 고통은 무
엇인지

이제는 도저히 모르겠다고, 정말 모르겠다고 이야기하면서.

아니, 나는 너를 막아 세우고 싶었다.

J가 나의 비밀을 알아차렸는지 아직도 모르겠다. 아마 눈치는 챘었을 것 같다고 짐작만 할 뿐이다. 나는 J에게 내 생각을 가감 없이 드러내 보여주었다. 하지만 이 비밀은 내가 아는 한 단 한 번의 언급도 하지 않았다. 물론 그때까지 J에게 아무런 말도 하지 않은 것은, 나름의 이유를 갖고 의도한 것이었다. 하지만 나는 지금 이 순간까지도 그때의 내 부족했던 선택을 사무치게 후회하고 있다. 나는 나의 비밀을 말했어야 했다.

나도 너와 같이 자살 시도를 했었다는 사실을.

이런 생각을 해본다. 만약 네게 나도 자살을 시도했었다고 이야기했다면, 너의 외로움이 조금은 덜했을까? 너 혼자만 자살의 충동이라는 험하고 거친 바다 위에서 표

류하는 것이 아니라고 알려주었다면, 네가 조금은 더 버틸 수 있지 않았을까? 나는 너를 내버려둔 것이 아닐까? 물론 지금은 아무런 의미가 없는 생각이 되어버렸지만.

내가 J에게 나의 자살 시도를 감추다 보니, 자살을 시도하는 일에 관한 대화를 할 때면 우리에게는 약간의 벽이 있을 수밖에 없었다. 그럼에도 J는 굳이 나서서 그 벽을 허물어뜨리려 하지는 않았다. 그건 나를 위한 J의 배려였다. 물론, 나도 굳이 벽을 허물어 보려고 하지 않았다. 나는 J가 나의 이야기를 듣고 자살을 생각하는 것을 최대한 막고 싶었다. '너도 자살을 시도했는데 왜 나라고 안 될까?'라는 의문을 심어주고 싶지 않았으니까.

나의 생각이 모순적이고, 자기중심적이라는 비판이 나올 수도 있겠다. 하긴, 우리는 자살의 권리를 이야기하면서 자살할 자유를 이야기 했다. 그런데 한편으로는 다른 누군가의 자살을 막고 싶다니. 앞뒤가 맞지 않는다고 느껴질 수도 있겠다. 지금까지 우리에게 자살은 존엄성을 지키기 위해 자유의지로 선택할 문제였으니까. 그러니 J의 자살에 관한 한, J의 권리를 전적으로 존중하여야 한다고 생각할지도 모르겠다.

어쩌면, 그 생각이 옳을 수도 있다. 그리고 나는 자신이 만든 모순에 빠져들어 허우적대고 싶은 생각도 없다.

하지만 어쩔 수는 없는 일이다. 그 모든 모순과 아이러니를 감내하고서라도 나는 이 이야기를 해야만 하니까.

J는, 내게 너무나 소중한 사람이었다.

내 모든 것을 다 바쳐서라도 그 자살을 뜯어말리고 싶을 만큼.

지금까지 이야기해왔던 것과 같이, 나는 자살이 인간의 권리라고 생각한다. 그리고 자살이 우리가 생각하는 것처럼 나쁜 것이 아니며, 자신을 지키기 위한 수단이 될 수도 있다고 생각한다. 물론 그렇다고 J나 내가 사랑하는 사람들 그리고 이 글을 읽고 있을 당신이 아무런 망설임도 없이 자살했으면 좋겠다는 뜻은 아니다. 나는 그 누구든, 자살의 앞에서 망설이고, 두려워하고, 겁먹었으면 좋겠다. 내가 자살을 긍정한다고 해서 죽음에 미쳐 있는 것은 아니다. 그리고 내가 자살을 이야기한다고 해서 무분별하게 자살을 권하는 것 또한 아니다. 사실, 어쩌면 나는 다른 누구보다 죽음을 무서워하고, 미워하고, 피하고 싶어 하는지도 모르겠다. 그리고 당신도 그렇기를 바란다.

물론 삶을 살아가면서 죽음을 전혀 고려하고 있지 않는 경우도 있겠다. 아니, 어쩌면 이 생각이 더 일반적일 수도 있고. 하지만 그 사이에서 분명 자살을 이야기하는 누군가가 있다. 그리고 나는 그들을 위해 이야기를 이어간다. 자살의 앞에 선 나는 '고통'을 생각한다. 자살이 우리의 권리라면, 그 권리를 행사하기 위한 결정적인 기준이 필요할 수밖에 없으니까. 나에게는 그 기준이 '나의 존엄성이 침탈당한 때'였다. 이처럼 각자가 생각하는 삶과 죽음의 수많은 기준이 있을 수 있겠지. 여기서 우리는 하나의 공통점을 찾아볼 수 있다. 바로 자살을 앞둔 사람들은 '고통'을 겪고 있다는 사실 말이다.

당연한 소리이지 않으냐고?

하지만 고통에서 벗어나기 위한 수단으로 자살을 원하는 내가, 다른 누군가는 고통을 겪으면서도 계속 살아가기를 바란다면 그런 모순이 또 있을까? 그리고 내가 만든 모순 속에 스스로 빠져든다면, 설마 그것 또한 당연한 일일까? 나는 누군가가 삶의 고통, 그 끝에서 자살을 선택하겠다고 한다면 그 마지막을 존중할 것이다. 하지만 그와 동시에 나는 온 힘을 다해서 그 자살을 말릴 것이다. 그러니 겨우 사실 하나를 숨겨서 J의 자살을 막아낼 수 있을 가능성이 조금이라도 있다면, 나는 이 정도의 모순은 얼마든지 감내할 것이다.

자살을 시도했을 때의 나도 나고, 죽음을 두려워하는 나도 나다. 또 사랑하는 너의 자살을 응원하는 나도 나고, 자살을 말리고 싶어 하는 나도 나다. 나는 자살을 생각하는 모든 사람이 이런 두 가지 상반된 감정 속에서 길을 잃기가 십상이라고 생각한다. 다른 것도 아니고 무려 자살이다! 내가 사랑하는 사람이 자살을 생각할 정도로 고통에 빠져있는 한, 우리는 언제나 이렇게 갈팡질팡할 수밖에 없다. 나는 지금 숨이 끊어질 것 같은 고통을 겪고 있을 당신이 살아가기를 바란다. 당신이 나에게 온다면 따스하게 안아주고, 위로하고, 함께 슬퍼하고 싶다. 내가 사랑하는 당신이 어떤 식으로든 조금 더 편해지기를 바란다.

이 혼란과 분열 속에서, 나는 당신의 안녕을 기원한다.

* 3개월 전(1)

네가 자살하고 난 뒤에 돌이켜보니
이때부터 부쩍 네 상태가 나빠진 것 같았다는 생각이 든다.

그 당시에는 몰랐다. 너는 똑같이 웃었고, 똑같이 활기찼고,
똑같이 살아갔으니까.
아니, 어쩌면 내가 네 고통을 몰랐던 것일 수도 있겠고.
네 고통과 마주할 엄두가 나지 않아 애써 눈 감고 모른 척한
것은 아닐까. 그 외면이 너를 죽게 만든 것은 아니었을까. 나는
네 고통을 알고 있었어야 하지 않았을까.

그럼에도 나는 외면했다.
사무치게 후회한다.

너의 마지막 부탁을 마주한 채로

J와 함께한 이야기에 관한 한 온 힘을 다해서 과거형을 쓰지 않으려 한다.

심각한 이유가 있는 것은 아니고, 그렇게 하는 것이 J에 대한 예의일 것 같아서.

앞서도 말했듯, 이제 나는 J의 얼굴을 흐릿하게만 기억한다. 같이 찍은 사진도 한 장 없다. 남은 것이라고는 점차 잊혀가는 J와의 추억 그리고 대화다. 나는 블로그에 J와 나누었던 대화를 제법 꼼꼼하게 담아 두었다. 그러니까 만약 이 일기들이 지워진다면, 나는 한 떨기의 추억을 제외하고 J에 대한 모든 기억을 잃게 되는 셈이다. J라는 사람이 내 삶 속을 잠시 거쳐 갔었다는 사실 정도만 기억할 수 있겠지.

J는 글을 참 잘 썼다. 무엇에 관한 것이든 깊지만 쉽게, 무겁지만 가뿐하게 쓰는 법을 잘 알았다. 그리고 그런 솜씨를 발휘하여, 자신의 블로그에 사진을 곁들인 짧은 일기들을 남기고는 했는데, 나는 그 일기를 읽는 것을 꽤 좋아했다. 우리는 서로의 블로그를 오가며 글을 하나둘 읽고, 대화를 나누었다. 이렇게 말하면 약간 낯간지럽지만, 우리끼리 공유하는 일기의 느낌이라고나 할까.

J가 자살하던 날.

나는 J에게서 2통의 예약 문자를 받았다. 한 통은 이런 식의 급작스러운 작별을 사과하는 메시지였고, 다른 한 통은 자신의 블로그 아이디와 비밀번호가 적힌 메시지였다. J는 ― 정말, 정말 못되게도 ― 다른 누구도 아닌 나에게 자신의 블로그 글을 모두 지워달라고 부탁했다. 그 예약 문자를 받아보고 혼잣말로 얼마나 많은 욕을 했는지 모른다. 아니, 사실 지금도 욕을 하고 있다. 그러고도 분이 풀리지 않아서 장례식을 마친 뒤 두어 달은 그 메시지를 열어보지도 않았다. 그 블로그에는 J의 삶과 생각이 무수히 담겨 있었고, 그것들은 아무리 J에게 부탁을 받았다고 하더라도 온전히 나의 것일 수 없었다.

하지만 나는 알고 있었다.

나는 언젠가 J의 부탁을 들어줄 것이라는 사실을.

April

내가 J에게 정말 화가 났던 거라면 그냥 그 문자를 지웠으면 됐다. 하지만 나는 그렇지 못했다. 그렇게 석 달여 정도 시간이 흘렀다.

그즈음, J의 블로그에 접속해 보았다. J의 자살 한 달 전, 봄이 시작되던 때부터 끊겨있던 J의 글들을 하나하나 차분히 확인했다. 만약 이때라도 네 생각을 알아챌 수 있었더라면 어땠을지 생각해 보았다. 하지만 헛일일 뿐이다. 너는 이미 죽었으니까. 네 죽음 앞에서 우리가 더는 할 수 있는 것이 없었다. 그저 네 부탁을 들어주는 것뿐.

그리고 그날, 나는 J의 부모님께 J의 생각을 말씀드렸다. J의 부모님께서는 나에게 J의 뜻대로 글을 지워달라고 부탁하셨다. 그렇게 나는 네 모든 흔적을 지우기로 마음먹는다. 모든 글을 지우고, 게시판을 닫는다. 받은 메일, 보낸 메일, 내게 쓴 메일까지 모두 다 삭제하고 서비스를 탈퇴한다. 허무하게도 이게 끝이었다. 15분도 안 걸려, J가 지금까지 세상에서 쌓아 온 모든 기억과 기록이 지워졌다. 같은 아이디와 비밀번호를 쓰는 다른 사이트들도 하나, 둘 탈퇴했다. 그리고……

아마 눈치를 챘었는지는 모르겠다.

그러니까 나는 이제 J와 나누었던 대화를 담은 나의 블로그 글을 하나둘씩 삭제하고 있다. 누군가는 굳이 왜 그래야 하는지 이해를 못 하겠다고 이야기하겠지만, 나는 알고 있다. 이게 바로 J가 원하던 일이라는 사실을. J는 억지로 기억되기보다는 차분히 잊히는 것을 바랐을 것 같다. 너는 온전히 세상에 남기를 바라면서도 또 세상에서 잊히기를 원하는 그 모순 속에서 존재하기를 원했으니까. 그래서 나는 네 이야기를 지워가며 동시에 네 이야기를 남기기 위해 애쓴다. 나는 어떻게든 그 부탁을 들어주어야 한다. 나는 그것이 네가 진정으로 원했던 것이리라 믿는다.

  이제 과연 이 세상에 너를 기억하는 사람이 몇이나 될까. 자살한 너를 그리면서도 용감하게 살아가고 있는 사람이.

* 3개월 전(2)

　카페의 문을 열고 들어갈 때, 나를 기다리면서 창밖을 바라보던 너를 지켜본다.

　너는 내가 온 줄도 모르고 조금씩 눈물을 흘렸다.

　그러고는 내게 보이고 싶진 않았는지 서둘러 눈물을 닦았다.

　나는 네가 눈물을 다 닦을 때까지 좀 떨어진 다른 테이블 옆에 서서 너를 바라본다.

　그날, 그 겨울의 바람은 그렇게나 차가웠다.

그날의 봄은 어디쯤 있었는지

'J, 쟤는 오늘도 블루베리 요거트 스무디를 마신다. 질리지도 않을까. 저거 한 달에 몇 잔이나 마시는지 세어본다는 게 오늘도 깜빡했다. 이 추운 날씨에 어디 스무디가 가당키나 한 것일까. 그런데 이런 이야기를 할 때면 J도 가만히 있지는 않았다. 너도 얼어 죽기 직전까지 아이스 아메리카노를 마시지 않느냐며 반박하고는 한다. 그런데 또 그렇게 말을 하니, 맞는 것 같기도 하고.

J는 가방에서 꽤 두꺼운 A4용지 뭉치를 꺼냈다. J가 말해왔던 책의 원고였다. 예전에 병문안을 갔을 때, J는 책을 내고 싶다고 이야기를 했다. 그 뒤로 틈틈이 글을 쓰고 있다고도 했고. 내가 주제를 물어보니, '살아감'에 대한 것이라고 밝혔다. 그러니까, 자해나 자살 시도에도 살

April

아가는 자신을 모티브로 삼아, 이런 어려움과 고통을 겪으면서도 왜 살아가는지를 담았다고 한다. 나는 기꺼이 J의 원고를 살펴보았다.

이제 어디다 투고하려고 하느냐고 물었다.

J는 조심스럽게 고개를 가로저었다. 투고는 하지 않을 거라고 했다.

투고도 안 할 생각이면 글을 왜 쓴 걸까 생각한다. 자신의 삶을 담아 써 내려간 글. 네가 그토록 소중하게 챙겨온 원고였는데도.

그렇게 물으니, J는 조금 망설이다 이렇게 답했다. 거절당할까 봐 무서워서 못하겠다고.

나는 고양이 눈을 뜨고 '아이고 우리 J, 또 이상한 소리를 하고 있구나.'라고 말하려던 찰나, 그걸 알아차렸는지 J는 조금 더 이야기를 해주었다.

"이 원고에는 내가 살아온 모습을 담았거든, 그러니까 에세이 느낌인 거지. 그런데 만약 거절당하면……, 그러면 나 자신도 '글로 표현된 내 삶에 별 가치가 없는 것은 아닐까?' 의심이 될 것 같아서 그래. 이걸로 됐어, 이걸로 충분해. 이 글을 쓰면서 나 스스로를 참 많이 이해할 수 있었고, 글 쓰는 것도 상상보다 즐거웠어. 그러니까 그 정도면 된 것 같아. 사실, 이 원고를 본 사람도 너밖에 없고,

조만간 버리려고."

너는 또다시 마지막 한 걸음을 앞두고 멈추어 선다.

그래, 그것이 네가 살아가는 방식이었지. 두려움도, 슬픔도, 좌절도 혹은 기쁨과 환희, 희망도 느끼지 않게 마지막 한 걸음 앞에서 멈추는 것. 나는 항상 그런 너를 바라보고 있다.

어느 해의 12월 9일, 내가 블로그에 남긴 일기인데, 다른 어느 일기보다 J를 솔직하게 담아냈기에 종종 읽곤 하던 J와의 추억이다.

그래, J는 그랬다. 언제나 '이 정도면 충분해.'라며 고개를 돌렸다. 무언가를 욕심 내지도, 미련을 갖지도 않았다. 아니, 어쩌면 미련을 갖지 않는다고 우기는 것일지도 모르겠지만. 그저 자신이 정해놓은 선까지 나아간다면, 그러니까 자신이 원하는 모습에 가닿기만 한다면 너는 그걸로 충분하다고 이야기하고는 했다. 더 나아가면 분명 후회할 것 같다고, 어쩌면 그 결말이 기쁨이나 행복일 수도 있겠지만, 불행이나 좌절일 수도 있지 않겠느냐고 되물었다. 그리고 그 고통을 겪으니 차라리 중간에서 포기하는 게 낫다고, '확실한 행복'을 마주할 수 없을 바에 무엇을 하러 위험을 무릅쓰고 나아가느냐고 이야기하며.

이날의 대화를 읽고 또 읽으며 문득 생각했다. J, 네가 바라던 진정한 행복이 무엇인지를. 항상 확실한 행복이 아니면 나아가는 법이 없었던 네가, 자살을 향해 나아갔다. 멈추지 않았다. 고민의 흔적도 초조한 모습도 없이 빠르고, 단호했다. 아니, 조금 들떠 보이기도 했다. 무섭지 않았을까? 떨리지는 않았을까? 네가 뛰어내리기 전 마지막 CCTV에 찍힌 영상을 본 우리는, 스스로 삶을 정리하려는 네게서 어떤 비장함이나 슬픔도 느낄 수 없었다. 오히려……. 솔직히 말하자면 너는 약간 기뻐 보였다. 자살로 이 지긋지긋한 삶을 끝내는 것이 네게는 '확실한 행복'이었던 것처럼. 죽음이라는 불확실성으로 나아갈만한 가치가 있는 확실한 행복 말이다. 마지막으로 네가 아끼던 물건들을 가지런히 정리하면서, 너도 그렇게 느꼈을까?

이때쯤이었던 것 같다. 네가 다시 한번 자살 시도를 했었고, 네 어머니가 너를 붙들고 이제는 제발, 제발 그만 좀 하자며 우셨다고 했던 때가. 너는 이 이야기를 나에게 해주며 참 많이 힘들어했다. 그 어떤 자살 시도나 자해도 해맑게 이야기하던 네가, 조금은 지쳐 보인다고 생각한 것도 이때였다. 고통 속에서도 살아가야 한다는 이 고문 같은 시간을 견뎌내고 있는 너를 보며 그때의 나는 무슨 생각을 했었을까. 아니, 무슨 생각을 해야 했던 걸까.

눈이 내렸다. 느릿느릿 이야기하던 너는 창밖으로 고개를 돌렸다. 그리고 눈을 바라보며 "이제 곧 봄이 오겠네."라고 이야기했다. 이상했다. 그날에는 정말, 봄이 가까워져 온 것 같았다.

---

* 3개월 전(3)

J는 요즈음 병원에 가지 않았단다.

나는 무슨 헛소리를 하는 거냐며, 며칠 뒤로 병원을 예약한 뒤 J의 멱살을 잡아끌다시피 J를 데리고 방문했다.

예약을 하고 간 것임에도 오랜 시간을 기다려야 했다.

그 꽤 긴 시간 J는 말이 없었다. 예전 같으면 이게 효과가 있을지, 괜한 방문은 아닐지 의문을 던졌겠지만, 이번에는 그렇지 않았다.

정신과의 복도는 언제나 그렇듯 참 쓸쓸했고, 나는 왜인지 모를 한없는 슬픔을 느껴야만 했다.

11월 마지막 주 ~ 12월까지의 블로그 기록

11/25

자살을 검색하면 항상 생명 존중 캠페인의 연락처나 상담전화가 뜬다.

뭐, 생명을 구하는 길이라니까 어쩔 수 없겠지만,

자살에 대한 깊이 있는 논의를 방해하는 것 같아서 아쉽다.

[맥주와 함께 『우상의 황혼』 표지를 찍은 사진]

12/1

C와 교보 가서 『자살론』 구매.

자살의 유형을 4가지로 구분했는데, 내 생각과는 약간 거리가 있다.

그래도 그 시절에 이토록 철저한 통계로 자살을 차분히 분석해 낸 것은 대단하기도 하고.

[카페에서 『자살론』을 찍은 사진]

12/9

C와 내 원고에 대해서 이런저런 이야기를 나눔.

투고는 안 할 생각이지만서도.

[원고를 찍은 사진]

12/14

또 엄마를 울림.

12/16

April

C와 만남.

털어놓을 곳이 없으면 도저히 견딜 수 없을 것 같았다.

C는 별말 없이 고개를 끄덕이며 이야기를 들어주었다.

12/26

C와 연말 기념으로 펍 방문.

내년에는 조금 더 좋은 일이 있기를.

[수제 맥주 2잔이 놓여있는 사진]

* 두 달 하고 7일 전

'첫 문장은 직접 쓰지 못했으나
최후의 마침표는 스스로 찍었으니
한 사람의 이야기가 여기서 끝난다.'

너는 이 시를 보여주었다.
자신의 묘비명으로 쓰면 좋겠다고 웃고 만다.

죽음의 능동성과 삶의 수동성 사이 그 어딘가에서

J가 떠난 이후로 몇 번의 4월을 흘려보내고 또 몇 번의 4월과 마주했지만, 나는 J가 자살했던 그 해의 4월에서 한 걸음도 나아가지 못했다.

우리는 왜 살아야 하는 걸까?
아니, 잘못된 질문이었다. 우리는 이렇게 물어야만 했다.
'우리는 왜 비참함 속에서도 살아야 하는 걸까?'

긴 고민의 끝.
J는 자살로 자신만의 답을 찾았고,
아직 답을 찾지 못한 나만 남아 문 앞을 서성인다.

J와 나는 가끔 삶과 죽음에 대한 질문을 다른 사람들에게 하고는 했다. 물론 돌아오는 대답은 언제나 똑같았다. 원래 그렇게 사는 것이 인생이라는 체념과 달관. 다른 사람들도 똑같이 참고 사니까 유별나게 굴지 말고 그냥 살라는 타박. 참고 살다 보면 좋은 날이 올 테니 그날을 기대하면서 살아야 한다는 근거 없는 낙관. 그리고 무엇보다, 나약하게 징징대는 소리 그만하고 죽으려면 빨리 죽으라는 조롱까지.

하나같이 뻔하고, 싫증나고, 비겁하다.

누구나 한 번쯤은 생각해 보았겠지만, 우리에게 죽음은 수동태다. "죽음이 왔다."라는 상투적 어구가 잘 보여주듯이, 죽음은 언제나 우리에게 오는 것이고, 우리가 맞이해야만 하는 것이니까. 그렇기에 우리는 언제 어디서 나타날지 모르는 죽음에 두려움을 안고 살아간다. 죽기 싫다고 발버둥치고 울더라도 묵묵히 다가오는 죽음을 피할 수는 없는 노릇이다. 바로 이 지점에서 우리는 어떤 아이러니와 마주하게 된다. 노쇠하거나 상처를 입은 육체에 죽음이 다가오는데도, 정신은 계속해서 살아가기를 원하는 아이러니. 삶과 죽음, 육체와 정신 사이에서 발생하는 분열적 대립과 마주하게 되는 것이다.

하지만 자살은 다르다.

자살은 자신의 이성, 즉 정신이 죽음을 원하는 행위다.

물론 우리의 육체는 무조건적인 생존을 추구할 것이다. 그럼에도 우리의 정신은 육체를 이끌어 죽음을 마주하기 위해 나선다. 본능이라는 이름으로 정신을 지배하던 육체는 간데없고, 남은 것은 이성을 바탕으로 육체를 이끌어 가는 정신과 육체의 일체감이다. 자살을 바라는 이들은 명쾌하고도 굳센 이성으로, 조건 없이 살아남고자 하는 육체적 본능을 억누른다. 다가오는 죽음을 기다리지 않고 죽음과 마주하기 위해서 직접 나선다. 그러므로 자살을 원하는 사람에게서 정신과 육체의 분열적 대립은 찾아보기 힘들다.

자살을 원하는 이들이 항상 죽기만을 바라는 것은 아니다. 오히려 그들도 계속 살아갈 핑계를 찾기 위해 온 힘을 다한다. 하지만 그와 동시에 그들은 용기를 갖고 있다. 의미 없는 삶을 버릴 용기, 살아야 한다는 강박을 거부할 용기, 그리고 죽음을 선택할 용기를. 그 용기가 있기에 자살을 원하는 이들에게 자살이라는 것은 '선택할 수 있는' 죽음일 수밖에 없다. 절대적으로만 보이던 죽음이 하나의 선택지가 될 뿐이라니!

오히려 자살을 원하는 이들이 두려워하는 것은 삶이다. 일상적인 삶이 아니라 꾸역꾸역 살아갈 것을 강요받는 의미 없고 고통스러운 삶. 그들에게 죽음은 분명 두려운 일이지만, 삶의 의미가 없다는 것이 더더욱 두려운 것인지도 모른다. 자살하고 싶지는 않지만, 억지로 살아가야 하는 삶이 더욱 싫다. 치욕으로 기억될 그 의미 없는 생존의 시간 앞에서, 자살은 하나의 구원이 되고 만다. 그리고 이 지점에서 자살은 '자연적인 죽음만을 기다려야 한다.'는 생의 법칙과 부딪는다.

파열음이 울려 퍼진다.

살아감에 대한 강박과 자유로운 죽음이 빚어내는 파열음이.

겨울의 빈자리에 꿈꾸듯 봄이 온다.

순식간에 깨져버릴 짧은 꿈인 것을 잘 알기에, 우리는 항상 그 봄을 느긋한 시간으로 채우곤 했다. 하지만 J는 그해의 봄을 분주하게도 갈무리했다. 설레는 마음으로 꽃봉오리를 맞이한다. 기지개를 켜는 고양이에게 눈인사를 건넨다. 아직 찬 기운이 느껴지는 바람을 피해서 따뜻한 햇볕 아래로 숨어든다. 바람까지 따스했던 어느 날에는 한참을 걷고 또 걷는다. 서점에 가서 한참을 둘러보다가 마음에 꼭 드는 책을 산다. 산에도 올랐고 바다에도 다녀왔다. 한동안 연락이 안 되다가 느닷없이 나타나 술을 마시러 가자며 이끌기도 했다. 그렇게 너는 스쳐 지나갈 봄의 시간에서 하나의 순간을 만들어 냈다.

분주하고, 차분하게. 이 계절의 봄에서 네 인생의 봄으로.

너는 네 삶의 마지막이 될 봄을 그렇게 맞이했다.

네 꿈은 나에게로 와 더욱 밝게 빛나고 있기에

버거운 꿈을 꾸더라도 내일은 오더라. 꽃처럼 피어난 꿈은 결코 지는 법도 없더라. 그러니 J야, 네가 죽더라도 네 꿈은 절대 끝나지 않을 것이다. 산산이 조각났더라도, 조각되어 더욱 반짝이는 유리조각처럼 네 꿈은 더욱 빛날 것이다.

J는 이 세상 최고의 드립 커피를 내릴 줄 알았다. 그리고 바로 그 드립 커피만 판매하는 작은 카페의 주인장이 되기를 간절하게 꿈꾸었다. 자신의 빛을 잃고 사그라지려 하는 사람들이 들러 쉴 수 있는 카페. 태양이 붉게 물들 때 문을 열고, 늦은 밤까지 쉬었다 갈 수 있는 카페. 'Cafe Suicide(!)'라는 이름의 엉뚱하고, 짓궂고, 진솔한 카페를.

April

누군가의 마음을 감싸 안아주고 싶다는 너의 소중한 소망.

그것은 분명 우리에게 건네는 J의 선의였다.

J 자신이 자해와 자살 시도로 늘 고통을 겪어 왔던 만큼, 이 세상에서 자신과 같은 고통을 겪는 이들에게 따스한 커피 한 잔 내려주고 싶다는 생각. 어쩌면 그것이 J가 이 꿈을 꿀 수밖에 없었던 이유이기도 하겠다. J에게 꿈의 세계는 하나의 낙원이었다. 자해 충동이 치밀어 오를 때 한 번, 창밖을 내다보며 또 한 번. 아직은 저 멀리 보이는 조각에 불과했지만, 그 꿈을 떠올리며 자신을 해치려는 충동을 한 번쯤은 더 참아낼 수 있었다. 무뎌지지는 않지만 한 번쯤은 덜해지게.

하지만 그 낙원에는 정작 자신을 위한 자리는 없었다. 그리고 나는 그 사실을 늘 안타까워했다. 다른 사람들을 한없이 배려해 주었던 J는, 결코 자기 자신만큼은 배려하는 법이 없었다. 어떠한 여지도 주지 않고, 늘 자신을 한계까지 밀어냈다. 옆에서 보는 나에게는, J가 자신을 혹사한다고 생각할 수 있을 정도로. J는 항상 괜찮다고 이야기하기는 했지만, 봄이 굳이 시릴 필요는 있을까. 꽃이 피는 계절이 차가울 필요는 또 무엇일까.

이 정도면 충분하다는 J의 말을 부정하고 싶은 생각

은 없다. 이미 죽은 사람은 어떠한 변명도 할 수 없을 테니, 발언권을 갖지 못한 이의 생각을 부정한다는 것은 반칙이다. 그러니 우리는 세상을 떠난 누군가의 생각과 뜻을 곡해해서는 안 된다. 또 나는 J가 자신을 사랑하지 못해 자살했다는, 심리학 도서에나 나올 법한 이야기를 하고 싶지도 않다. 나는 J가 자살한 데 수많은 이유가 있다는 것을 잘 알고 있으니까.

누군가는 이야기한다. 자살은 모든 것을 포기하는 행위라고. 스스로 삶을 포기하는 사람이 품은 꿈이 무슨 의미가 있느냐고. 그렇다면 J의 꿈도, 자살한 다른 수많은 이들의 꿈들도 내일이면 연기처럼 사라질 뿐이지 않을까?

술자리에서 나와 J를 처음 마주하도록 해주었던 친구, K를 만났다. K는 J와도, 나와도 절친한 친구다. K와 나는 J의 장례식장에서 마주치고 나서 두 달 뒤쯤 만나 이런저런 이야기를 나누었다. 그 친구는 이야기했다. 어떻게 J는 조금 잊혔느냐고. 그 질문을 받고 꽤 오래 생각을 했다. 그러고 보니 한동안 J를 생각하지 않은 것도 같고. 이참에 다시 한번 이런저런 생각을 이어갔다. 그리고 그중에서 가장 먼저 생각난 것은 J가 내려준 드립 커피였다. 피식, 웃으며 '다른 것은 모르겠는데, J가 내려준 커피는 진짜 맛있었어.'라고 이야기를 흘려보냈다.

그리고 이제 나는 카페를 차리는 꿈을 꾼다. 'Cafe Suicide'라는 이름의 엉뚱하고, 짓궂고, 진솔한 카페를. 드립 커피를 내리는 연습을 한다. 알맞은 원두를 찾는 것부터, 원두를 가는 속도와 양을 생각하고, 이런저런 드리퍼를 구매한다. 물 온도에 따른 커피 맛을 찾으려 하고, 회전 방향과 올라오는 커피빵의 크기를 생각한다.

적어도 나에게는, J의 꿈이 의미 없는 허무는 아니었나 보다.

예보에는 없던 비였다.

맞으면서 가기도, 그치기만을 기다리기도 애매한 봄비. 우산이 없던 우리는, 그냥 그 빗속을 걸어보기로 한다. 따스한 빗방울을 푸르게 머금은 풀밭 위, 우리의 걸음마다 풀 냄새가 맑은 꽃처럼 피어났다. 귀를 기울이면 풀잎 위에 살짝 내려앉는 빗소리를 들을 수 있을 것만 같았다. 마주한 풀잎에 대한 예의를 잊지는 않기로 한다. 그러니 조심스럽게 한 발 한 발 내디뎌 본다. 물방울을 한가득 머금은 풀잎 위에 너와 내가 있다. 아무 말도 하지 않았다. 앞만 보고 한 걸음 한 걸음 걸었다. 그저 우리는 그 사랑스러운 순간을 기쁜 마음으로 나누었을 뿐이다.

소낙비였다.

행복은 곁에서 서둘러 떠나가고, 고통은 내 안에 게으르게 머문다는 말. 잘 안다. 하지만 그게 우리가 가진 시간 전부는 아니라는 것 또한 알고 있다. 너와 같이 빗속을 걷던 그 순간의 풀잎 하나하나가, 나뭇잎의 모양이, 내 몸에 와 닿는 따스한 빗방울과, 퍼져 나오는 풀냄새 그리고 토독- 토도독- 떨어지는 빗소리까지. 아직도 그 모든 순간순간이 기억난다. 그때에 마주했던 행복만큼은 내 안에 그림처럼, 사진처럼 끝없이 퍼져 나갔다. 그래, 그건 영원이었다.

나는 안다.

April

J, 네게도 그 순간만큼은 영원이었다는 것을.

나는 그렇게 하면서까지 살고 싶지 않아서

    나는 냉소적이다. 어쩌면 이 냉소는 비겁함의 증거일지도 모르겠다. 간단한 일조차도 체념해 왔고, 그 빈자리를 비웃음으로 채웠다. 물론 내게도 변명거리는 있다. 다큐멘터리만 봐도 웃을 수 있는 빈약한 유머감각. 혼자 영화관에 가서 『토이스토리 3』를 3번 보면서도 똑같은 부분에서 또다시 오열하는 감수성. 마지막으로, 이게 중요한데, 한 사람의 인생 전반에 진하게 새겨진 개인적 혹은 사회적인 '실패'의 기억들. 이 세 가지가 더해지면 누구나 어느 정도의 냉소는 쉽게 가질 수 있지 않을까.

    지금까지 꽤 많은 실패를 경험해왔던 나는, 너무나 많은 이들이 책과 강연을 통해 실패를 과대평가하는 것을 보고 씁쓸한 마음을 지우지 못한다. 그들은 우리가 실패의 경험에서 무언가를 배우고, 실패한 만큼 단단해질 것이라고 이야기한다. 물론 많은 실패를 경험할 만큼 더 많이 도전하고, 목표하는 것의 문을 힘껏 두드려 보라는 취지겠지만, 내 경험상 이것들은 - 내가 언제나 옳은 것이 아니라고 전제한다면 - 뜬구름을 잡는 소리에 불과하다.

실패는 아프다. 정말, 정말 아프다. 무엇보다 한 번의 결정이 인생을 좌우하고, 몇 번의 실패가 자신의 남은 삶을 규정할 수밖에 없는 평범한 우리에게, 실패해도 괜찮다는 가르침은 공허할 뿐이다. 넘어져서 일어서지 못하는 이들을 '나약한 사회적 낙오자'라고 규정한 채 외면하는 것을 누가 못할까. 세상은 냉정하고 실패는 안 할수록 좋다. 솔직하게 말하자면 단 한 번에 원하는 것을 얻는 것이 제일이다. 넘어진 사람만이 다시 일어설 수 있다지만, 그렇다고 굳이 넘어져 볼 필요는 없는 것처럼.

나는 다시는 실패를 하고 싶지 않다. 그 실패를 견딜만한 힘이 내게는 남아있지 않다. 아니, 더는 실패의 아픔을 겪으면서까지 살아가고 싶지 않다. 우리가 정말 그렇게까지 살아야 하는 걸까? 내 삶의 가치를 무너뜨리면서까지 살아가야 할 정도로 생명을 지키는 것이 중요할까? 살기 위해 살 필요는 또 얼마나 있을까. 비겁하게 사는 것과 당당하게 죽는 것, 둘 중 어느 쪽이 더 부끄러운 선택이 될까?

"그렇게 하면서까지 살고 싶지 않아서."

"그러면 뭐, 죽으려고?"

이 싫증나는 대화 속에는 자살과 삶에 관한 지나치게 많은 이야기가 담겨 있다.

흔히, 자살은 도피처가 될 수 없다고 이야기한다. 자살을 통해서 우리가 가진 문제가 해결되는 것이 아니라는 의미다. 이 주장은 자살 예방 교육에서도 자주 쓰인다. 자살 예방 교육에서는 자살이 비겁한 회피이며, 그 회피에 행복한 결말은 없다고 이야기한다. 그 의견을 따르자면, '그렇게 하면서까지 살고 싶지 않다.'는 생각도 삶에서의 비겁한 회피에 지나지 않을지도 모르겠다.

하지만, 자살이 왜 도피여서는 안 될까? 아니, 조금 더 본질적인 질문을 해 보자면, 우리는 왜 고통을 겪으면서까지 사는 것이 당연하다고 생각하는 것일까? 어째서 우리가 자살로 도피하면 안 되는지는 그 누구도 답을 주지 못한다. 애초에 그 질문을 무시해서인지도, 혹은 답하는 것이 불가능해서인지도 모르겠다. 그렇지만 결국 그 누구도 답을 낼 수 없다면 우리는 자살이라는 문제에 조금 다른 생각을 해볼 수 있지 않을까? 어쩌면 우리에게는 자살을 통해서 도피할 수 있는 권리가 있다고.

만약 우리가 자살을 통한 도피에 동의할 수 있다면, '그렇게 하면서까지 살고 싶지 않아서.'라는 문장은 꽤 많은 것을 바꾸어 놓을 수 있다. 이 순간에 이르러 자살은 도피다. 그리고 그 도피는 삶을 살아가며 강요받는 폭력에 저항할 수 있는 유일한 수단이 된다. 회피라면 어떻고, 도피라면 어떨까. 우리는 살아가기 위해서 무엇이든 해야 한다는 폭력적 가르침 속에서 자라왔다. 그것이 경쟁이라는 이름이건, 승자독식이라는 이름이건 간에. 그게 당연하다고 여겨왔고, 배워왔기에 우리는 삶이라는 불공정한 게임의 규칙도 참고 살아가야만 했다. 부조리한 일도, 힘든 일도 견뎌야 한 것은 물론이다. 그렇지 않으면 나약한 패배자로 규정되기 마련이니까.

하지만 다시 첫 문장으로 돌아가서, '그렇게 하면서까지 살고 싶지 않아서.'라는 냉소 섞인 문장을 바라보자. 이 간단해 보이는 문장은 자신의 삶을 순식간에 자기 자신의 것으로 되돌리는 힘을 갖고 있다. 만약 자살이 우리의 권리가 될 수 있다면, 우리는 삶이라는 이 불공평한 게임의 규칙을 바꾸는 데서 그치는 것이 아니라, 아예 다시 써내려갈 수 있다. 이보다 더 효과적이고, 강력하고, 빠른 저항의 수단이 어디에 있을까? 냉소는 언제나 많은 것을 바꾸어 왔다. 살아야 해서 저지른 일, 혹은 살려면 어쩔 수 없었다는 핑계. 그 비겁한 회피가 끝난 자리에서 새로운 가능성이 움튼다. 내게 강요되는 수많은 불합리와 부조리에서 어떻게든 자유로워질 수 있고, 진정으로 자기만의 삶을 살아갈 수 있다는 것. 그렇기에 자살은 그저 냉소일 뿐이지만, 그 냉소가 가져올 변화는 전혀 가볍지 않다.

* 18일 전

 살며시 숨어있던 겨울이 짓궂은 장난을 끝낼 무렵, 봄은 다가온다. 그리고 우리는 봄이 올 때면 늘 술잔을 나눈다. 조금 두꺼운 옷의 옷깃을 여미고, 아직은 아무도 앉지 않는 테라스에 자리를 잡는다. 직원분이 친절히 담요를 내주신다. 거기에 따뜻한 탕과 차가운 소주, 그 사이에서 벚꽃 비처럼 이어지는 우리의 대화가 곁들어지면, 그걸로 충분하다. 우리는 행복해진다.

 늘 그랬듯 버릇처럼 하늘을 올려보던 나는, 네게 보름달이 떴다고 이야기를 해주었다. 너는 느릿느릿 고개를 들어 물끄러미 보름달을 바라보다 이렇게 이야기하는 것이었다. "저 달에 얼마나 많은 소원이 쌓여있을까?" 그래, 그랬다. 달에 빌면 소원이 이루어진다니, 얼마나 많은 사람의 소원이 쌓여 있을까.

 네게 물었다. 네 소원은 몇 개나 올라앉아 있느냐고.

 "철들고 나서는 하나였지."

 "겨우?"

 "야, 이게 얼마나 간절한 소원인데. 너도 알잖아 내 소원."

 나는 너를 바라본다.

 네 간절한 눈빛은 내게, 지나칠 만큼 많은 것을 말해준다.

삶이 고생하며 살아갈 만한 가치가 있을까

오늘 한 유명 인사가 자살했다.

그때 J와 나는 그 소식을 어느 펍 안에서 TV로 접했다. 우리는 적당한 안타까움과 적당한 충격, 그리고 적당한 무관심 속에서 그 뉴스를 바라보았다. 다른 뉴스에서도 역시 그의 자살 소식이 들려온다. 뉴스는 '극단적 선택', '안타까운 죽음', '외로운 마지막' 따위의 의례적 말들을 쏟아낸다. 하지만 딱 그만큼이 우리가 자살자에게 내어줄 수 있는 공간 전부였는지, 자살에 대한 묘사나 설명은 이어지지 않는다. 당연하게도 자살에 대한 어떠한 형태의 긍정적인 수식어도 없다. 혹여나 자살 위험군에 있는 사람들을 모방 자살로 몰아세울까, 아니면 이 자살이 사회적으로 의도하지 않았던 반향을 일으키는 것은 아닐까, 각종 우려 속에 자살에 대한 보도는 빠르고, 간결하고, 짧게 마무리된다.

곧이어 다른 보도가 이어지자 J는 특유의 의문과 불만이 가득한 표정을 내보였다. J는 언제나 자살이 죄인 것처럼 다루어지는 것에 대해 꽤 불만을 느끼고 있었고, 이번에도 마찬가지였다. 물론 J도, 나도 잘 알고 있다. 자살 보도 기준이나, 베르테르 효과 같은 것들을 몰라서 이런 이야기를 하는 것이 아니니까. 다만 J는 약간만 상상력을 - 비록 그 상상이 위험할 수 있더라도 - 가져보자고 이야기하고 있다.

"000씨가 여러 어려움을 겪은 끝에 자신의 존엄성을 지키기 위한 자살을 선택했습니다."라는 보도가 나온다면 어떨까? '평온한 자살', '품위 있는 자살' 조금 현실적으로는 '불안과 고민에도 용기 있게 자살을 선택하였다.'와 같은 표현들이 자살을 설명하는 데 사용될 수 있다면? 자살이 품은 의미가 비겁함에서 용기가 되고, 불합리에서 합리가 되며, 도피가 아니라 선택이 될 수 있다고 생각해 본다면, 우리에게는 삶과 죽음에 대한 새로운 시선이 열리지 않을까? 아니, 그렇게 상상해 보는 것만으로도 충분히 많은 것이 바뀔 수 있지 않을까? 자살이 품고 있는 의미와 우리가 죽음을 바라보는 방식 그리고 우리가 삶을 살아가는 방식까지.

끊임없는 아픔과 고통, 좌절로 일말의 자존감도 남아 있지 않을 때. 나를 한계까지 몰아세우는 경제적 어려움 혹은 내가 모든 것을 걸고 매진했던 목표에 끝내 가닿지 못했다는 절망. 나 혹은 내가 사랑하는 사람이 도저히 회복되기 어려운 질병에 걸리고 만 때. 우울증처럼 정신과적 질환을 겪으며 다른 이는 알 수 없을 극심한 고통을 겪고 있을 때. 사회적으로 고립되어 극심한 외로움을 겪고 있을 때. 앞날에 도저히 희망이 보이지 않고, 더는 그 희망을 찾아 헤매볼 자신도 없을 때. 내가 잘못된 시대에 잘못된 삶을 타고난 것 같다는 확신이 드는 때. 아무도 나를 찾거나, 내 가능성을 지켜봐 주지 않을 때. 버림받고, 내팽개쳐질 때는 물론 내가 나의 삶에 실패한 때. 이와 같은 극단적인 순간에 이르러 우리는 자살과 마주한다.

카뮈는 "과연 우리의 삶이 이런 고통을 받으면서까지 살아갈 만한 가치가 있는 것일까?"라는 의문을 던진다. 더불어 역사 속의 수많은 자살자는 자기 죽음을 통해서 우리에게 말한다. 삶은 그저 삶일 뿐이라고. 고통 속에서도 삶을 이어가려는 사투는 분명 숭고하지만, 그 또한 수많은 삶의 방식 중 하나일 뿐이라고. 삶이 존중받아 마땅한 것처럼 죽음 또한 존중받아야 하며, 그것이 스스로 선택하는 죽음 - 자살 - 일지라도 마땅히 그래야만 한다는 것까지. 결국 이 생각은 삶뿐만이 아니라 죽음 또한 우리가 선택할 수 있는 권리 중 하나가 되어야 한다는 뜻이기도 하다.

이날 J와의 대화를 끝내고, 나는 그날의 일기를 이렇게 마무리했다.

'오늘, 000가 자살했다. 우리는 삶의 고통에 관해서 이야기를 나누었다. 삶이 고생하며 살아갈 만한 것인지, 끝내 답을 내지는 못했다. 하지만 아마 우리는 답을 알고 있었던 것도 같다.'

또다시 비가 내린다.

제법 굵은 비. 이런 날에는 커피 향 아련하게 퍼지는 카페에서 창밖을 바라보는 것이 제격이다. 바닥에 떨어진 빗방울은 톡– 향긋한 꽃을 피웠고, 수많은 꽃이 피어나는 창밖을 바라본 채 둘만의 대화를 이어가면 그 순간은 더할 나위 없다.

문득 너는 나를 바라보며 이렇게 이야기한다.

"올봄에는 비가 좀 많이 내렸으면 좋겠어."

비를 좋아하지 않던 J였기에, 나는 또 무슨 헛소리를 시작하는 거냐며 퉁명스레 답한다. 그럼에도 너는 한 글자 한 글자 짙게 눌러쓰듯 이렇게 이야기한다.

"비가 오면 꽃이 활짝 피잖아. 난 빨간색 꽃이 좋거든."

또 시작이다.

은유와 수사로 돌돌 말아 숨겨놓은 네 진심을 찾는 일. 네가 블루베리 요거트 스무디를 마시고 있는 동안, 나는 네 진심을 찾아내기 위해 한바탕 숨바꼭질을 이어간다. 물론 수수께끼를 싫어하는 나는 늘 J에게 답을 내놓으라며 닦달한다.

"아 몰라, 뭐라는 거야. 무슨 말인데?"

J, 너는 고개를 젖혀가며 크게 웃는다.

그리고 너는 내 질문에 답해주지 않았다.

그럼에도 살거나, 그렇기에 죽거나

자해로 인한 상처를 본 적이 있다면 공감하겠지만, 자해의 흉터는 생각보다 더 깊고, 진하다.

이런저런 이유 때문에 자해를 직접 묘사하지는 않겠지만, 자해의 상처 하나하나에는 한 사람의 고통과 아픔이 지나칠 정도로 또렷하게 새겨진다는 것은 부인하기 어려울 것 같다. 그래서일까, 자해로 인한 상처는 다른 누군가가 감싸주지도, 위로하지도 못한다. 아니, 막을 수도 없다. 그저 자해 하는 사람이 끊임없이 자신에게 상처를 입히는 모습을 바라보아야 할 뿐이다. 삶을 살아가고 싶다는 절규와 이제는 편해지고 싶다는 비명이 뒤엉킨 고통을 바라보는 것은, 참 지치고 힘든 일이다.

나는 J의 자해를 열심히 말리면서 쫓아다녔다. 그런 나의 노력에도 J는 가끔 팔에 깁스와 붕대를 감고 나타났고 그때마다 나는 한숨을 쉬었다. 한 번은 그 꼴이 정말 보기가 싫어서 짜증을 낸 적이 있는데, 그래도 J는 바뀌지 않았다. 아니……. 바뀔 수 없었다는 말이 정확하겠지. J는 자해라는 충동을 억제할 수 없었다. 알고 있다. J도 자해를 그만두기 위해 온 힘을 다했을 거라는 사실을. 충동이 치밀어 오를 때 병원 응급실까지 자진해서 방문했을 정도니까. 그럼에도 J는 자신에게 해를 끼치는 고통을 견뎌왔다. 사실, J가 겪고 있던 마음속 전쟁터로 들어가 J를 끌어올린다는 것이 가능은 한 일이었을까, 지금도 잘 모르겠다. J를 위해 내가 한 노력은 그저 나 자신이 J를 위해서 무언가를 노력했다는 자기만족에 불과한 것인지도 모를 일이니까.

사실, 단순한 자해로는 자살에 이르기 어렵다. 그럼에도 자해를 하는 이들은 J처럼 삶과 죽음의 경계선을 고양이와 같이 아슬아슬 걸어 다니는 경우가 많았다. 그래서인지는 모르겠는데, 나는 자해라는 충동에 사로잡혀있는 J를 보며 항상 햄릿을 떠올렸다.

"사느냐 죽느냐, 그것이 문제로다."라는 질문과 함께.

햄릿은 고뇌에 찬 표정으로 주위를 둘러본다. 그는 지

금 아슬아슬한 경계 위에 서 있다. 앞으로 나아갈 수밖에 없는 외길에서, 그에게 남은 선택지는 단 2개다.

살거나, 죽거나.

이 잔인한 선택에 어떤 의미라도 있는 것일까? 아니, 아무리 생각해도 의미 따윈 없는 것 같다. 그저 운명에 의해 선택을 강요받는 자신이 있을 뿐. 이 운명을 직감한 순간 햄릿은 이렇게 읊조린다.

"죽는 것은, 자는 것.

오직 그뿐. 잠 한 번에

찢어질 것만 같은 가슴앓이와 수천 가지의 좌절이 끝 난다면

그것은 간절히 바라야 할 결말이다."

극에서 햄릿은 답답할 만큼 유약하고, 우유부단한 인물로 그려진다. 하지만 셰익스피어는 그런 햄릿에게 최소한 한 번은 죽음을 바라볼 수 있을 만큼의 용기를 부여한다. 셰익스피어의 용기를 이어받은 햄릿은 질문을 던진다. 자기 자신에게, 그리고 더 나아가 그를 지켜보고 있는 우리에게. 역사 속에서 수많은 이들이 자기 자신에게 던졌을 질문을 다시 한번 던지는 것이다.

'삶의 고통에도 살아가는 이유는 무엇일까?'

햄릿은 묻는다. 당신은 왜 고통과 고난, 고뇌에도 살아가느냐고. 당신은 어째서 '잔인한 운명의 돌팔매'를 맞아가며 이 고통 속에서 버티고 있느냐고. '단검 한 자루면 자신의 운명을 끝낼 수 있는데도, 도대체 왜 고통스러운 세상에서 살아가기 위해 애쓰는 것'이냐는 자신의 질문에, 당신은 어떠한 대답을 하겠느냐고.

좌절의 순간에, 우리의 삶은 고통에서 고통으로 이어진다. 가끔 행복한 순간이 있고 그 기억을 바탕으로 내일을 살아간다지만, 행복 뒤에 다가오는 고통은 평소보다 더 아리고, 아플 뿐이다. 결국, 우리는 다가올 행복마저 두려워 한 채 살아간다. 빠져나올 수 없는 좌절의 구렁텅이. 살아갈 의미라고는 찾아볼 수 없는 고통의 연속. 이럴 때 우리는 햄릿처럼 하나의 선택을 강요받고는 한다.

'그럼에도 살거나, 그렇기에 죽거나'

나는 이미 내가 견딜 수 있는 것 이상의 고통을 겪었고, 나의 존엄성은 진즉 무너져버렸는데, 그 이상 무엇을 상상할 수 있을까. 이제 나에게 남은 것은 나를 지키기 위한 수단으로써의 자살일 뿐이지 않을까.

이럴 때 시도되는 자살은 좌절에 대한 소극적 굴복도, 고통에 대한 조건 없는 회피도 아니다. 오히려 이 몸짓은 존엄한 삶을 이어나가기 위한 적극적인 삶의 태도이다. 치욕적 좌절, 돌이킬 수 없는 실패가 나를 덮친다. 그럼에도 살아간다. 살아남기 위한 본능, 삶을 향한 인간의 의지는 굳건하다. 하지만 나의 존엄성이 유린당하는 치욕의 상황을 바로 눈앞에서 지켜보아야만 할 때가 있다. 그 치욕 앞에서 '당당하게 살 수 없을 때는 당당하게 죽는 것'을 선언했던 니체의 말을 잠시 떠올려본다.

그래, 나는 더는 이 치욕을 안고 살아가기를 원치 않는다. 더는 반복되는 상처 앞에 서지 않기로 한다. 나는 나의 존엄성을 위해 나의 생을 이어가기를 거부하는 것이다. '우리는 삶을 사랑하기에 다른 죽음을 원해야만 한다. 자유롭고, 의식적이며, 우연이 아니고, 갑작스럽지 않은 죽음을.' 결국, 우리는, 삶을 사랑하기에 온전한 나 자신을 바라보는 것이다. 후회도, 망설임도 두려움도 없다. 나의 존엄을 그리고 진정한 나 자신을 위하여 나는 죽으려 한다. 자신의 의지로 자살을 향해 나아가는 것이다.

활동적인 성격과는 별개로, J는 참 겁이 많다. 너는 언제나 계단을 내려올 때 긴장하고, 작은 소리에도 화들짝 놀라며 몸서리친다. 거절을 못 해서 낭패를 본 일이 수 번. 너를 아는 누군가는, 이렇게나 겁이 많아서 어떻게 살아가느냐고 묻는다. 생각해 보니 틀린 소리는 아니었나 보다. 너는 큰 소리로 웃으며 나도 잘 모르겠다고 답한다.

그런 네가 1년 전이었나, 늘 다니던 병원에서 진료를 기다리고 있었을 때 화재 경보 사이렌이 울렸다고 했다. 의사와 간호사들은 능숙하게 순서를 기다리는 환자들부터 건물 밖으로 대피시켰다. 같은 건물에 있던 다른 수많은 사람 또한 우르르 밖으로 몰려나갔다. 다행히 기계의 오작동이었고 별다른 사고는 없었던 해프닝이었다. 하지만 너는 그 상황 속에서의 네 선택을 이야기해 주었다.

어땠더라?

다른 사람들처럼 급하게 뛰어서 나갔었나? 차분하게 걸어서 나갔었나? 아니면, 그 자리에 계속 앉아있기만 했었던가? 그러니까 과연 네가 내린 선택은 어느 쪽이었을까? 살기 위해 뛰었을까? 죽을 기회를 잡고자 앉아 있었을까. 그렇다면 결국, 너는 '그럼에도' 삶을 원했던 걸까 아니면 '그래서' 죽음을 원했던 걸까.

네가 원했던 것은 과연 어느 쪽이었을까.

나는 문득 이 이야기를 떠올렸다.

그날, 노인은 어떤 꿈을 꾸었을까

나는 J에게 틈틈이 『노인과 바다』를 추천하고는 했다. 하지만 J는 고집이 있어서 '고전 명작', 'OO 추천도서'에 올라가 있는 책들은 일부러라도 읽지 않았다. 선정 도서는 그냥 그 사람들이 감명 깊게 읽었던 책일 뿐이라고 이야기하며. 그래서 나는 아예 책을 선물해 주었고, J는 그때야 책을 읽었다. 내가 이렇게까지 『노인과 바다』를 추천했던 것은, 그 책의 주인공 산티아고 노인이 우리의 모습과 똑 닮아 있었기 때문이었다. 삶 자체를 살아가기 위해 발버둥치는 우리의 모습처럼.

주인공 산티아고. 그는 한때 마을 사람들에게 존경받는 어부였다. 그의 낚시 기술은 너무나 뛰어났기에, 마을의 부모들은 누가 먼저라고 할 것도 없이 노인에게 아이들의 교육을 맡길 정도였다. 하지만 그의 기술도 세월은 이길 수 없었나 보다. 노인은 나이를 먹어갈수록 물고기를 못 잡았고, 그런 그를 마을 사람들은 점차 잊어갔다. 그때쯤일까? 약간의 상상력을 더하자면, 노인은 느릿느릿 사라져가는 해변의 노을 앞에 섰을지도 모르겠다. 수천, 수만 번을 바라보았을 노을. 점차 사그라져가는 태양은 노인의 처지를 나타내주는 듯했을 것이다. 노인도 태양처럼, 마지막 빛을 내며 사그라지고 있었던 것이다.

노을을 바라보며 노인은 무슨 생각을 했을까? 늙음이 모든 것을 집어삼켰다며 체념하고 포기하는 것을 선택했을까? 노인은, 아니 우리는 모두 결국 이렇게 조용히 사라져가는 존재여야만 하는 걸까?

"아니."

노인은 짧고도 단호하게 읊조렸을 것이다.

자신은 이렇게 사그라질 수 없다고. 해넘이에도 끝까지 빛을 내는 저 태양처럼, 자신도 삶의 마지막까지 빛을 내겠다며 숨을 내쉬었을지도 모르겠다. 그렇게 노인은 자신의 존재를 증명해 내기 위한 여정에 오른다. 설사 그 대가가 자신의 생명이라도 할지라도, 절대 망설이지 않겠다고 다짐하며.

노인은 그렇게 한 번 더 바다로 나선다.

'산산이 부서질지언정 절대로 굴복하지는 않을 것'이라고 되뇌고 또 되뇌며.

어니스트 헤밍웨이의 소설 『노인과 바다』는 고난과 시련 앞에서도 굴복하지 않는 인간에 대한 찬양이자 위로다. 헤밍웨이는 알고 있었다. 작중의 산티아고 노인 그리고 그 노인을 바라보는 당신과 나는, 지금 이 순간까지 포기하지 않았다고. 우리는 한 명의 인간으로서 만신창이가 될지언정 모진 풍파와 당당히 싸워왔고, 파괴당할지언정 물러서거나 포기하지 않았다는 것을. 그렇기에 우리가 인간이라는 것을.

인간이 가진 불굴의 의지를 글로써 증명해 낸 헤밍웨이. 그는 이 위대한 소설을 자신의 방식으로 완성해 냈고, 몇 년이 지난 1961년 7월 2일 자신의 생을 마쳤다. 그의 사인은 꽤 직접적이고, 직관적이었다.

자살이었으니까.

쓴웃음을 지을 당신을 상상한다.

'헤밍웨이가 자살로 죽었어?'라는 놀라움부터, '인간의 의지를 찬양하는 책을 써 놓고서 자살하다니, 너무 무책임한 것 아니야?'와 같은 허탈감과 배신감까지. 헤밍웨이의 자살은 많은 생각을 불러일으킨다.

그냥 살 수는 없었을까? 그러니까 자신의 걸작에 아로 새긴 인간의 빛나는 의지를 믿고 살아가는 방법을 선택할 수는 없었던 것일까? 이 잔인한 질문에 헤밍웨이는 산티아고 노인의 선택을 통해, 그 답을 대신하고 싶었는지도 모르겠다.

청새치를 뜯어먹으려 달려드는 상어들과 벌여야만 했던 지루하고 혹독한 사투. 그 사투를 지켜보는 우리는 이런 생각을 하게 된다. '그냥 잡았던 청새치를 포기하면 되는 것 아냐?'라고. '차라리 청새치를 묶어둔 밧줄을 두어 개 끊고, 청새치를 버리면 안전하게 항구로 돌아올 수 있잖아?'

하지만 산티아고 노인은 그럴 수 없었다. 그는 청새치를 지키기 위해서 상어 떼와 싸운 것이 아니었으니까. 산티아고 노인에게는 이 청새치야말로 자신의 삶을 증명하는 유일한 증거였다. 그러니까 그는 자신의 삶을 위해 목숨을 걸고 상어들과의 투쟁에 나선 것이었다. 산티아고 노인에게는 생이 중요하지 않았다. 설사 그 끝이 죽음일지라도 그는 맞섰다. 싸웠다. 자신이 지켜내고자 했던 가치를 위해서. 한 명의 인간으로서 산산이 부서질지언정 절대로 굴복하지는 않겠다는 다짐을 지켜내기 위해서.

어쩌면, 헤밍웨이가 죽음을 선택했다는 면에서 산티

아고 노인과 다른 비겁하고, 졸렬한 인물로 보일지도 모르겠다. 적어도 삶을 강조하는 우리의 기준으로만 보면 그렇게 볼 여지도 충분하다. 하지만 한 걸음 더 나아가 생각해 보면, 결국 헤밍웨이의 선택은 산티아고 노인의 그것과 크게 다르지 않다. 헤밍웨이가 앓았다던 우울증 때문이든, 헤밍웨이의 방식대로 세상을 떠난 아버지의 영향 때문이든 결국 그는 자살했다. 하지만 헤밍웨이가 삶과의 싸움에서 패배한 것일까? 아니, 헤밍웨이는 그 질문에 약간 다른 대답을 했을 뿐이다. 헤밍웨이는 이미 자신의 신념을 지켜냈으니까. 그가 목숨으로써 지키고자 했던 가치는 산티아고 노인이 증명해 내려 했던 것처럼 '삶'이었다. 삶을 위한 삶이 아닌 존엄한 삶. 그렇기에 헤밍웨이는 산티아고 노인의 입을 빌려 이렇게 썼는지도 모르겠다. '인간이기에 산산이 부서질 수 있을지언정 절대로 굴복하지는 않을 테니.'

산산이 부서지는 것. 그것이 설사 죽음일지라도 굴복하지 않는다. 우리는 인간이기에. 그래서 헤밍웨이는 산티아고 노인이 상어에 맞선 것처럼 죽음에 맞섰다. 그리고 있는 힘을 다해서 자신의 삶을 증명해 냈다. 그렇기에 헤밍웨이와 산티아고 노인, 그 둘은 인간이었다. 부서질지언정 굴복하지는 않았던 인간 말이다. 한 명은 삶을,

한 명은 죽음을 선택하였지만, 그들의 선택에는 결국 '삶에 대한 사랑'이 깊게 새겨져 있다. 그렇기에 나는 자살을 통해 삶을 끝냈던 헤밍웨이와 삶을 위해 싸웠던 산티아고 노인이 역설적으로 무척이나 닮았다고 이야기한다.

산티아고 노인은 어렵게 항구에 도착한 후, 비틀비틀 집으로 들어가 죽은 듯 깊은 잠에 빠진다. 그리고 그는 사자 꿈을 꾼다. 자신의 삶과 싸움을 증명하는 듯한, 용맹한 사자의 꿈을.

헤밍웨이도 자살의 직전, 사자 꿈을 꾸었을까?

아, 그리고 J, 너는 자살의 직전 과연 무슨 꿈을 꾸었을까?

* 11일 전

네가 전화를 해왔다. 전화를 잘 하지 않는 우리에게는 참 새삼스러운 일이었다.

핸드폰에 새겨진 네 이름이 별빛처럼 반가워, 날랜 손길로 전화를 받는다.

너는 이야기한다.

"너 혹시 4월 중에 좋아하는 날이 있어? 특별한 날이라든가 뭐 그런 거."

"글쎄? 딱히는 없는 것 같은데, 왜?"

"아니 별건 아니고, 혹시나 해서."

…….

죽음을 원하면서도 살아가고자 하는 우리이기에

왜 그런지는 모르겠는데, 사실 나는 자살을 이야기하는 게 참 부끄럽다. 비유적 표현이 아니라 실제로. 다른 누군가가 자살에 관해 이야기를 하면 나는 얼굴을 붉히며 삐거덕- 말을 더듬거나, 아예 입을 닫아버린다. 자살에 대한 글을 쓴다고 말하지 못하는 것은 물론이다. 아니, 앞으로도 못할 것 같다. 언젠가 마음을 굳게 먹고 오랜친구에게 자살에 대한 글을 쓴다고 이야기한 적이 있었다. 그랬더니 나의 벗은 친절하게도 이런 피드백을 해 주었더란다.

"미친놈아!"

(……)

어쩌면 친구의 저 말이 자살을 바라보는 우리의 시선

을 가장 잘 나타내주는지도 모르겠다. 하긴, 지금 이 순간에도 살기 위해서 발버둥치는 수많은 사람 사이에서, 죽고 싶다고 하는 것이 미친 소리가 아니고 무엇일까. 살고자 하는 본능을 어기는 것이 어떻게 정상인 걸까. 어쩌면 우리는 본능에 따라 알고 있는지도 모르겠다. 모두가 정상이라고 믿는 데서 배제된다는 것의 두려움이 얼마나 큰지를 말이다. 그리고 그 두려움이 우리를 얼마나 작아지게 만들어 버리는지도. 고작 이야기만으로도 이 정도로 두려운데, 실제로 자살을 하는 이들의 두려움은 또 얼마나 클지.

만약에 내가 다른 누군가를 향해 "너는 참 멋없게 살았어."라고 이야기한다면, 싸움이 나기에 딱 좋은 상황이 펼쳐진다. 한 사람의 삶이 어디 한 문장으로 설명될 수 있기는 할까. 하지만 누군가 내게 그런 말을 한다면, 나는 눈을 동그랗게 뜨고 이렇게 말할 것 같다.

"어떻게 아셨죠?"

그럼에도 나는 삶을 살기를 원한다. 그리고 자살을 바라는 다른 수많은 이들도 나와 같은 생각일 것이라고 믿는다. 이상하게 들릴지도 모르겠지만, 자살을 원하는 이들도 삶을 원한다. 그들은 세상과의 영원한 단절을 원하지만 동시에 사랑받기를 원한다. 죽음의 길은 결국 혼자 내디딜 수밖에 없지만, 그럼에도 다른 누군가와 함께할 수 있기를 바란다. 이렇듯 자살은 얽히고설킨 모순 속에서 존재하고 있다. 죽음을 원하면서 삶을 살아가고자 하는 모순, 우리는 그 안에서 있는 힘껏 살아간다.

시계를 바라보자.

바로 지금, 이 순간에 한 명이 자살했다. 아니, 두 명이나 세 명일 수도 있다. 그리고 어쩌면 그 한 명이 내가 될 수도 있었다. 다만 나는 아직은 삶과 죽음의 모순 속에서 빠져나오지를 못했을 뿐이다. 항상 그랬다. 어느 4월, 고통 속에서 숨을 못 쉴 때에도, 그 후 몇 번의 시도와 구조에서도 나는 모순 속에서 길을 잃었고, 그렇게 살아남았다. 하지만 자살 시도에서 구조되었다고 내 삶이 극적으로 바뀐 것은 아니다. 없던 열정이 생기고, 살아가는 것을 찬양하게 되지도 않는다. 세상은 그런 식으로 움직이는 것이 아니니까. 다만 나는 내게 다가올 다음 모순을 생각한다. 죽기를 원하면서도 살기를 원하는, 그 치열한 모순 말이다.

생명의 무게를 경시하지는 않는다. 심지어 그것이 나의 생명일지라도. 이 삶이 나의 것이라고 섣부른 선택으로 나아가는 것은 방종이니까. 나도 안다, 애매하다. 이런 모호한 기준을 그을 것 같으면, 애당초 자살이라는 것을 고민할 기회도 주지 말아야 하는 것 아니냐고 생각할 수도 있겠다. 하지만 그 애매함이 우리가 세워야 하는 삶과 죽음의 기준점이다. 우리가 끊임없이 고민하고, 논의하고, 쌓아온 삶과 죽음의 경계 말이다.

　우리는 그 경계 위에서 오늘 이 순간도 위태롭게 살아가고 있을 뿐.

---

　* 9일 전

　더운 날, 너를 찾는 일은 간단하다. 아무도 안 입을 긴팔 옷을 입고, 더위에 지쳐 터덜터덜 걷는 사람이 있거든, 너였다. 너는 너 자신이 남긴 수많은 상처를 감추고 싶어 했고, 그 사정을 모르는 누군가가 긴팔 옷을 입는 이유를 묻거든 언제나 추위를 많이 타서라고 답한다. 눈이 펑펑 오는 한겨울에도 블루베리 요거트 스무디를 사서 가지고 나가던 너인데도.

　그런 네가 반팔을 입고 나타났다. 더운 건 딱 질색이라며. 그새 몇 개의 상처가 더해진 너의 팔이 유난히 도드라졌고, 나는 너를 바라본다.

누군가는 용기를 내어 변명해 줄 수 있지 않을까

책과 책 냄새, 그리고 책 읽기를 좋아하는 J와 나에게, 서점은 최고의 놀이터였다. 우리가 서점에 갈 때면 늘 서가 사이사이를 오가며 읽을 만한 책들을 찾아다녔다. 그러던 중 우연처럼 이끌리는 책을 찾아들게 된다면 더할 나위 없는 행복감을 느꼈다. 그 책을 한 권 집어 들고 서점을 나오면 마음이 어찌나 든든하던지. 그 즐거움을 알고 있기 때문에 우리는 자주 서점을 찾았다.

이런 질문을 받은 적이 있다. "너희가 계속 이야기하는 게 자살인데, 언젠가 자살할지도 모른다면서 책을 왜 읽느냐."라고. 이렇게 날이 선 질문에는 살짝 부아가 치민다. '너도 언제 죽을지 모르는데 밥은 왜 먹고 사느냐?'는 말이 입 밖으로 나오려 하지만 용케도 잘 참아낸다.

그리고 차분히 설명한다(물론 상당한 인내심을 요하는 작업이다). 우리에게 책 읽기는 오늘의 우리가 괜찮은지를 확인하는 일종의 기도라고. 언제 죽을지 모르는 데도 하루하루 온 힘을 다해서 살아가는 것과 같은 의미라고. 그리고 무엇보다, 책을 읽는 것이 정말 재미있지 않으냐고.

　우리가 광화문 근처의 서점을 방문했던 그날은 겨울이었다. 서점에 뛰어들어가 언 손을 녹이며 마음에 드는 책이 있는지를 살펴보았다. J는 문득 뒤르켐의 『자살론』을 살펴보고 싶다고 이야기했고, 우리는 곧장 그 책을 찾아 나섰다. 찾기는 어렵지 않았다. 다만 책을 펼쳐본 J는 제법 실망한 기색이었다. 그리고 약간은 불만 섞인 목소리로 이렇게 이야기를 했다.

　"그런 책이 있으면 좋겠어, 자살에 관해서 다루는 책."

　"의외로 꽤 있어, 『자살론』 말고도 꽤 있을걸."

　"아니, 그런 뻔한 책 말고, 진짜 자살에 관해서 이야기하는 책. 그러니까, 이 책처럼 자살을 수치로만 분석하고 통계를 내거나, 철학적으로 접근하는 책은 이미 많잖아."

　"아무래도 그렇지? 그래도 자살이니까 뭐 어쩔 수 없는 것 아닐까?"

"그렇지만 이렇게 수많은 사람이 자살에 관해서 비난을 하는데도, 누구 하나 자살을 변명해 주지 않아. 지금 이 순간에도 정말 수많은 사람이 자살로 죽어가고 있는데도 말이야. 우리는 늘 자살이 나쁘다고만 생각하잖아. 이게 말이 돼? 누구 한 사람만은 자살한 사람의 입장에서 그들을 감싸줄 수 없을까? 한 명쯤은 자살을 변명해 줄 수 있잖아. 딱 한 명만이라도."

자살에 대한 변명이라니.

J의 생각은 참으로 엉뚱했다. 그리고 따뜻했다.

하긴, 우리 중 그 누구도 자살자의 이야기를 흔쾌히 들으려 하지 않는다. 다른 사람의 고통과 아픔을 들어주기에 세상은 너무 바삐 흘러가고, 그 세상 속에서 살아가는 우리는 여유가 없다. 더욱이 다른 죽음도 아닌 자살이다! 자살이 품은 상징성이 얼마나 큰지 우리는 잘 알고 있다. 자살은 모두가 외면하는 비겁하고 나약한 죽음이라는 오명을 뒤집어쓴다. 그러니 자살을 이야기하는 것만으로도 이상한 시선을 받게 되는 것도 예삿일일 수밖에 없다. 그런 위험을 무릅쓰고서 자살자를 위한 변명을 하는 것은 참 어려운 일이다.

그럼에도 J는, 자살자들을 위해 변명해 줄 누군가가 필요하다고 강변한다.

자살자는 나약한 사람이 아니고, 자신과의 싸움에서 버텨온 강한 사람이었다는 항변. 자살자들이 남겨질 사람들을 버린 것이 아니라 그들을 다른 누구보다 사랑하고 있다는 이야기. 자살자들은 마냥 편해지고 싶어서 도피한 것이 아니라, 존엄성을 지키기 위해서 죽음을 선택했다는 강변까지. J는 자살자들의 처지에서 이런 이야기들을 해줄 그 누군가를 찾았던 것 같다.

자살자들을 향한 비난의 돌덩이를 함께 맞아줄 사람이 있다면 좋을 것 같다고 생각한다. 모두가 비난하고 모욕하는 죽음, 자살. 그 모욕을 겪으면서도 옆에 있어줄 사람. 당장은 아무것도 바꿀 수 없겠지만, 결국 모든 것을 바꾸어 낼 수 있을 법한 사람이. 어쩌면 구구절절하고, 진부하더라도 누군가가 용기를 내어 말해주는, 그런 따뜻한 변명이.

April

* 7일 전

톡- 벚꽃이 피어난다.

토독 톡- 기분 좋은 포근함과 함께.

벚꽃 피는 소리가 들려오는 시간에, 맥주 한 캔 들고 너와 놀이터 벤치에 앉는다. 막 피어난 벚꽃을 쓰다듬던 바람이 우리를 반긴다. 노란 가로등 불빛은 부드럽게 벚꽃을 품고, 우리는 그 따스함 속에서 피어난 벚꽃과 사랑에 빠진다. 벚꽃의 잎사귀 두어 개는 바람과 부드럽게 춤을 추고 우리는 그 부드러운 춤에 꿈꾸듯 함께한다. 별다른 말은 하지 않는다. 그 순간, 우리는 분명 같은 생각을 하고 있었고, 그러니까 그 순간에 너와 나는 우리였다.

토독- 벚꽃이 피어난다.

이런 추억 하나쯤 품고 있으면, 또 용기를 내어 한세월 살아갈 수 있겠다는 네 말에 고개를 끄덕인다.

톡-

그날의 벚꽃은 쉬지 않고 피어났다.

그렇기에 더 잘 살아보고 싶어졌다.

　자살에 관한 이야기가 썩 편안하지만은 않다. 거부감이 드는 것은 당연하거니와, 조금 과격하게는 미친 소리라는 오명까지 뒤집어쓸 테니까. 그럼에도 포기할 생각은 없다. 더 다정하게, 더 따스하게 자살을 바라보려 갖은 애를 다 쓴다.

　삶에는 열정적인, 도전적인, 즐거운, 행복한과 같은 긍정적 수식어가 따라붙는다. 반면 삶에 고통스러운, 패배적인, 실패한과 같은 부정적 수식어를 쓰는 것은 최대한 지양한다. 특히 죽음과 관련된 수식어라면 더욱 어둡고, 음침하고, 침울할 뿐이다. 어쩌면 우리는 단어 선택 하나하나에도 삶을 지향하고, 더 나은 삶을 살아보고자 하는 욕구를 담아내는 것은 아닐까.

하지만 자살은 그렇지 않다. 물론 희생과 같은 숭고한 죽음도 있지만, 우리가 이야기하는 개인의 자살과는 거리가 멀다. 이런 경우, 나는 자살에 긍정적 수식어가 붙는 경우를 본 적이 없다. 아니, 어쩌면 수식어를 붙인다는 것이 사치일지도 모르겠다. 그리고 나는 지금 그 불합리한 고정관념을 이야기한다.

자살을 꿈꾸면서도 때에 따라서는 조금 더 나은 사람이 될 수 있다. 누군가를 사랑할 수도 있고, 사랑을 고백할 수도 있다. 감사의 인사를 전하거나 평안을 바라는 인사를 나눌 수도 있다. 자살을 원한다고 하더라도, 자살의 전까지, 그러니까 그 몸이 무너지기 전까지 우리의 삶은 이어진다. 그러니 자살자들이 이렇게 답할 수 있다는 것도 큰 과장은 아닐 것 같다. "자살을 꿈꾼다. 그렇지만 오늘 하루는 어제보다 더 나은 내가 되고 싶다."

자살을 원하기 때문에 더 잘 살아보고 싶다는 생각은 꽤 낯설다. 우리의 고정관념 안에서 자살을 생각하는 이들의 모습은 두 가지니까. 우울증을 앓는 경우와 같이 회색빛인 경우이거나 혹은 자살을 핑계로 방탕하고 엉망진창인 삶을 살아가는 모습. 다시 말해서 자살을 생각하는 이들은 자신을 망가뜨리고, 쾌락을 추구하며, 주변 사람까지 수렁에 빠뜨린다고 여길 수도 있다. 그렇다면 이 짧고, 비참한 삶이 자살자들에게 주어진 유일한 결말일까?

자살에 대한 이런저런 오해와 편견(자살은 대부분 충동적으로 발생한다는 등의)에도, 대부분 자살은 오랜 상상과 계획, 생각으로 이루어진다. 누군가의 자살이 아무리 충동적으로 이루어진 것과 같이 보일지라도, 자살자는 자살을 시행하기 전까지 정말 많은 고민과 생각으로 하루하루를 채운다. 자살자들의 용기는 바로 이런 고민을 통한 확신에서 나온다. 죽음 앞에서 망설이지 않는 그들. 자살자들은 언제, 어느 시간에, 어디서, 어떻게 죽을지를 끊임없이 그려보고 상상한다. 그렇게 그들에게 자살은, 두루뭉술한 하나의 상태이자 상황이 아니라, 언제든 가닿을 수 있는 현실이 되고 만다.

방에 먼지 하나 없이 깔끔하게 청소하고, 주위를 정리한 다음, 자신의 친구들에게 부고를 보내기 쉽도록 핸드폰 비밀번호까지 풀어놓고 자살했던 J가 그랬고, 자살을 결심한 순간, 그 아픔에도 책상을 깔끔하게 정리한 내가 그랬으며, 자신이 아끼는 물건을 주위 사람들에게 나누어주거나, 정리한 다음 자살을 시도한 수많은 자살자의 흔적이 그랬다. 그래, 이건 배려다. 남아있을 이들에 대한 배려. 그 가운데서 자살자들은 유서를 남기고, 편지를 쓰며, 누군가를 용서하거나 용서를 빌고, 남아 있을 사람들에 대한 사랑을 고백한다. 결국, J도, 나도 그리고 당신도 자살의 앞에서 우리는 모두 조금 더 잘 죽어보고 싶어진 것인지도 모르겠다.

아니, 어쩌면 조금 더 잘 살고 싶어진 걸까.

누군가는 '사는 것이 용기'라고 이야기를 한다. 부정할 생각은 없다. 하루하루 살아남는 것은 분명 말로는 다 할 수 없을 만큼의 용기가 필요한 행위이니까. 하루 치의 고통과 하루만큼의 고난을 겪는 것이 얼마나 힘든 일인지는 살아가는 우리가 모두 알고 있다. 하지만 죽음을 향해서도 따스한 시선을 거두지는 말아주시길! 죽음을 앞에 둔 이들도, 자살을 원하는 이들도 얼마든지 더 나은 내일을 꿈꿀 수 있다. 그들도 살아간다. 하루하루 충실하고, 행복하게. 자기 파괴적으로 사는 것이 아니고, 행복을 꿈꾸고 소망을 나누며 사랑하는 이들과 함께. 그러니 삶만이 용기라고 이야기하고 싶지는 않다. 우리는 죽음에 대면하는 용기를 떠올리며 꿋꿋이 살아가기로 한다.

그렇기에 우리는 자살을 꿈꾼다. 그래서 더 잘 살아보고 싶어졌다.

* 3일 전

짧은 만남을 끝내고 각자의 집으로 향하는 길
너는 내게 싱긋 웃으며 악수를 건넸다.

그때의 네가 무슨 생각이었을지, 나는 알아채지 못했다.
돌이켜 본다.

그래, 모두 다 내 탓인 것만 같다.

폭풍 속으로 나아가려는 영웅이 되어

나는 가끔 J에게 "너는 진짜 개 같다."라고 말하고는 했다. 그렇다고 내가 J에게 욕을 한 것은 아니었고…… (아니, 정말로. 정말 아니다.) J의 버릇 때문에 그랬다.

J는 과자 봉지를 뜯을 때나, 새로운 책을 사서 첫 장을 펴기 전에, 그리고 처음 가본 장소에 들어갈 때 킁킁거리며 냄새를 맡고는 했다. 새로운 어떤 것과의 첫 기억을 냄새로 아로새기고, 계절의 변화를 항상 공기의 냄새로 알아차린 것은 예사였다. 그리고 특기라면 특기인데, J는 냄새를 기가 막히게 잘 맡기도 했다. 멀리 떨어진 빵집의 빵 굽는 냄새를 어렵지 않게 맡을 정도였으니까. J도 그리고 나도 참 이상한 습관이자 재미있는 장기 정도로만 생각했었다.

12월의 어느 날, J는 교수님과의 상담을 마무리하고 나오며 나를 보고 킬킬 웃어댔다. 오늘 상담에서 내가 붙인 별명 때문에 칭찬을 받았다고 한다. 별명이 있느냐는 교수님의 질문에 '개'라고 답하고, 배경을 설명해 드렸더니 교수님께서 이렇게 말씀해 주셨다고 했다. "그건 좋은 징후예요, J 씨가 아직 병하고 싸울 힘이 있다는 의미니까요. 감각 둔화는 정신과 질환을 앓는 이들에게서 종종 나타나지만, 아직도 J 씨의 감각이 예리한 것은 J 씨가 어떻게든 싸움을 이어가고 있다는 거예요. 다시 말해 J 씨도 무의식중에 그만큼 살고 싶어 한다는 거지."라며.

자신의 무의식만큼은 이 길고, 지루하고, 힘든 싸움을 포기하지 않았다는 것. 이 사실이 J에게는 큰 위로로 다가왔나 보다. 마치 교수님께서 J의 삶에도 어떤 의미가 있을 거라는 말씀을 해주셨을 때처럼. 교수님의 그 말씀을 통해 J는, 바다에서 난파되어 이리저리 떠다니는 배가 아니라, 폭풍우 속으로 걸어 들어가 비바람과 맞서 싸우는 한 명의 영웅이 될 수 있었다. 폭풍 속으로 나아갈 수 있다는 것은, 자신이 결코 그 비바람에 굴복하지 않았다는 뜻이 될 테니까. 그래서일까, J는 그날의 일기에 교수님이 하신 말씀을 적어두었다. 언제든 다시 읽어볼 수 있도록.

J를 움직이게 한 것은 언제나 불안이었다.

J는 그 누구보다 간절하게 죽음을 바랐다. 하지만 아이러니하게도 J는 살아남기 위한 노력을 게을리하지 않았다. J는 삶과 죽음이 '선택'의 문제라는 것을 알았으니까. 자신이 바라는 그대로 죽기를 선택한다면, 삶에 대한 미련 없이 떠나가면 되는 일이었다. 하지만 죽음을 바라보면서도 J는 부지런히 움직이고, 배우고, 익혔다. 요컨대 J는 죽음이 주는 공포와 삶이 주는 불안 사이에서 이리저리 흔들리고 있었던 것이다.

그런 J에게, 교수님께서 해주신 그 위로의 말씀들이 얼마나 큰 힘이 되었을지 나로서는 상상하기 힘들다. J는 교수님께서, 항상 불안으로 흔들리는 자기 자신에게 확신을 주셨다고 했다. 삶이라는 것이 언제나 자신의 선택으로 결정된다는 확신 말이다.

"죽을 확신?"

나는 자못 가벼운 척 물었다. 다행스럽게도 J는 고개를 가로저었다. 그리고 이야기했다.

"꼭 자살이 아니어도 괜찮다는 확신. 나는 언제나 죽고 싶어 하는 게 아니잖아. 죽는 것은 내 삶의 선택지 중 하나일 뿐이니까. 그런데 그 선택지가 나를 짓누르고 있던 것이고. 오늘 교수님께서 말씀해 주신 게 나한테는 이렇게 들리더라. 살아도 괜찮다고. 죽음을 선택하는 것도,

삶을 선택하는 것도 모두 다 내 선택에 달린 문제일 수 있겠다고. 그러니까, 굳이 자살이 아니더라도 괜찮다고."

우리는 이 아픈 이야기의 결말을 안다. J는 자살했다. 아마 저 마지막 상담이 12월 무렵이었을 테니까, 4~5개월 뒤쯤. 그렇다면 나는 결국 패배로 끝난 J의 이야기에 너무 과한 의미를 부여하는 것일까? 그리고 J가 자살하던 때, 자신이 죽음에 패배했다고 생각하며 자살했었을까? 잘 모르겠다. 그런 결말을 원치는 않지만, 거짓말을 할 수는 없으니까. 죽음의 직전 J가 무슨 생각을 했을지는 이제 그 누구도 알 수 없게 되어버렸다.

하지만 나는 언젠가 J가 내게 해주었던 말을 조용히 곱씹을 뿐이다.

"우리는 동물이기에 살고 싶어 하고, 인간이기에 죽고 싶어 하는 것은 아닐까? 인간만이 죽음을 선택할 수 있으니까, 적어도 죽음을 선택한다는 것은 우리가 인간이라는 증거가 틀림없어."

* 그날, 그 시간

그렇게 너는 삶을 끝냈다.

연옥을 지키는 행복한 카토를 생각하며

내가 그날의 대화를 떠올릴 수 있는 이유는 지금 이 순간에도 내 앞에 놓여 있는 단테의 『신곡』 때문이다. J가 『자살론』을 살펴보던 사이 나는 자리를 옮겨 J가 추천해 준 단테의 『신곡』을 읽었다. J는 나에게 이 책에는 자살자가 받는 형벌이 묘사되어 있다는 이야기를 해주었다. 그리고 나는 종교적 이유로 자살이 엄하게 금지되어 있던 그 당시에, 사람들이 자살을 어떻게 보았을지 궁금했다.

어느 울창하고 음침한 숲 앞. 단테는 메아리치는 울음소리를 듣는다. 고개를 들어 좌우를 살피지만, 누구도 찾아볼 수 없다. 이 울음은 도대체 누구의 울음일까? 어떤 사연이 담겨 있기에 이처럼 비참하게 요동치는 것일까?

우는 이를 찾을 수 없는 울음. 이 이상한 광경에 안내자 베르길리우스는 이렇게 이야기한다.

"나무의 가지를 꺾어보라."

무심히 가지를 꺾은 단테, 그는 곧 비명을 지르며 피를 철철 흘리는 나무를 보고 깨닫는다. 이곳은 자살한 자들이 나무가 되는 형벌을 받아 영원히 고통을 받게 된 자살자의 숲이라는 것을. 이 나무들 한 그루 한 그루는 자살을 선택했기에 구원받을 수 없는 죄인이었고, 그들은 이 어두운 숲에서 평생을 울부짖으며 고통을 받아야만 했던 것이다.

단테는 『신곡』에서 자살한 사람들이 겪어야 하는 지옥을 위와 같이 묘사하였다.

왜 하필이면 나무였을까? 아마 단테는 한 치도 움직일 수 없는 나무가 되어, 평생 그 자리에 선 채로 자유를 박탈당하는 구속의 형벌이 자살자에게 가장 고통스러울 것으로 생각한 것 같다. 살아생전에는 자유를 위해 스스로 목숨을 끊었으니, 죽어서는 죽을 자유마저 박탈하는 것이 그들을 괴롭게 만들 것이다. 비루한 모습으로 영원히 살아있으되 자살조차 할 수 없게 완전한 구속을 가하는 것. 단테는 자살자들에게 그것이야말로 최악의 형벌이 될 것이라는 사실을 알아차렸는지도 모르겠다. 그렇기에 자살자의 숲에서는 괴로움과 모멸감이 뒤섞인 나무들의 울음소리가 끊이지 않았나 보다.

인류 문학사에 길이 남을 작품으로 평가받는 단테의 『신곡』. 그중에서도 「지옥 편」은 지옥에 대한 모든 예술적 묘사의 시작이자 끝으로, 인류가 상상해온 지옥의 원형을 보여준다고 평가받는다. 아름다울 정도로 비참한 지옥의 모습을 세밀하게 담아낸 단테는 인간이 저지를 수 있는 죄악을 각 층별로 묘사한다. 그리고 그중 한 곡을 자살의 죄악을 묘사하는데 할애한다. 일체의 자유를 박탈당한 썩은 나무로 영원히 살아가야 하는 끝나지 않을 형벌을 받는 이들. 단테에게, 그리고 단테가 살던 당시 사회에서 자살은 지옥의 한 부분을 차지할 정도로 심각한 죄악이었나 보다.

자기 자신에게 폭력을 행사한 이들이 받는 형벌. 그렇다면 여기서 의문이 든다. 모든 종류의 자살이 구원받지 못하는 것일까? 예를 들어 고통, 모멸, 상실에서 자유를 위한 자살 또한 영원히 구원받지 못할까? 자신의 신념과 소신을 지키기 위한 자살은 어떨까? 즉, 자살한 사람은 이유를 막론하고 영원토록 버림받는 존재일까? 우리의 죄를 사하고 영원한 구원을 약속하는 신이, 자살의 죄

앞에서는 그렇게 냉정한 – 이런 단어를 쓰는 나를 용서하시길 – 존재일까? 자살한 한 명 한 명이 품었을 간절한 소망은 철저히 무시한 채, 오직 '자살을 했다.'는 이유 하나만으로 평생 고통을 받아야 한다는 말일까?

단테는 이 아이러니를 연옥의 문지기 '카토'를 통해서 해결한다. 고대 로마의 정치가로서, 공화정을 옹호하며 카이사르에 맞서다 패배한 이후 자살한 카토. 그는 자신의 자살을 통해 자유와 공화정의 수호라는 신념을 지켜낸다. 그 신념에 대한 보상이었을까, 카토는 자살에도 자살자의 숲 속 나무가 되지 않고, 연옥의 문지기가 되었다. 그 후로 연옥을 향해 오는 이들을 기쁜 마음으로 맞이하는 역할을 맡게 된다.

신이 곧 모든 것이었던 중세. 그 신의 뜻을 정면으로 거스르는 선택이었던 자살. 단테는 자살이 최악의 범죄였던 중세 시대를 관통하며 살아왔다. 그럼에도 그는 자신의 역작에서 신념에 의한 자살에는 신의 구원이 따를 것이라고 서술하는 데 망설이지 않았다. 비겁한 도피가 아닌 당당한 신념으로 세상과 맞설 때, 비록 그것이 절대자의 뜻을 어기는 자살이라고 할지라도 얼마든지 구원받을 수 있다는 믿음을 준 것이다.

나는 단테가 『신곡』에 아로새긴 신의 구원에서, 자살과 종교의 접점을 발견한다.

자신의 굳은 신념을 지켜내기 위한 자살이라면, 우리는 그 자살을 어떻게 평가해야 할까? 물론 자살이라는 죄가 있기에 완전한 평안을 얻을 수는 없을지언정, 신념을 위해 자살한 이에게까지 영원토록 자유를 박탈하는 잔인한 형벌을 내릴 필요가 있을까? 단테는 이 질문에 고개를 가로젓는다.

물론 나는 종교와 자살에 관한 자의적 해석을 경계한다. 그럼에도 우리가 모두 동의할 수 있는 것은, 우리는 이 우주 아래서 유일한 존재라는 사실이다. 우리는 그 누구와도 같을 수 없는 자유의지와 신념을 가진다. 물론 신념을 지키기 위한 자살도 분명 신의 권능을 침범한 행위이자, 자신의 생명을 무너뜨려 버린 행위다. 그럼에도 카토는 자유의지로 자신의 신념을 지키기 위한 자살을 향해서 나아가는 데 주저함이 없었다. 자신의 의지와 신념을 지키기 위한 투쟁. 그렇게 그는 자살이라는 끔찍한 죄악에서도 신의 자비를 이끌어 낸다.

무의미한 삶에 집착하기보다, 인간으로서의 존엄, 자유, 신념을 지키려는 의로운 죽음을 선택하는 것. 우리는 자살을 통해 당당히 자신의 신념을 지키고자 한다. 그 신념을 믿고 나아갔기에 우리는 신의 따스한 품에 안길 충분한 자격을 갖춘 것이 아닐까? 마치 연옥의 문을 지키는 행복한 카토처럼.

* 3시간 후

그날 밤 예약 발송으로
너로부터 짧은 문자를 받았다.

'정말 미안해,
안녕, 안녕 내 친구'

'아…….'
네 문자를 보고 가장 먼저 든 생각이었다.
나는 황급히 전화를 걸었다. 사실 네가 못 받을 것은 알고 있었다.
전화를 안 받자 메시지를 보냈다. 그것도 네가 못 읽을 줄 알고 있었다.

네게서는 결코 답이 없으리라는 사실도, 잘 알았다.
(네가 죽었으리라는 것을 잘 알고 있듯이)
그렇게 허무하게 너는 내 곁을 떠났다.
너를 다시 만난 건, 5시간 후에 울린 부고 문자를 통해서였다.

이성과 믿음 사이에 닿을 수 없는 평행선을 그려볼 때

사실 J는 세례명도 가진 천주교 신자였다. 그리고 나는 천주교 신자가 매일 자살에 관해서 이야기하는 것을 두고 "야, 이게 말이 되는 거냐."라고 놀리기도 했다. 그럴 때면 J는 팔을 휘저으며 웃었다. 그러면서도 가끔 천주교에 대한 이런저런 이야기를 해주기도 했는데, 나는 그 시간을 즐겼다. 물론 예상할 수 있겠다시피, 우리의 관심은 '살인하지 말라'는 계명에 있었다. J는 이 계명이 타인의 생명은 물론 자기 자신의 생명까지 살해하면 안 된다는 의미라고 말해주었다. 절대자가 부여하고 주관하는 인간의 생명을, 인간 자신의 의지로 앗아가는 일은 결코 용납될 수 없는 것이라며.

종교계가 안락사, 혹은 자살을 금지하여야 한다고 주

장하는 이유는 여러 가지가 있다. 대표적으로는 신이 주신 생명을 경시하는 풍조가 일어나게 될 것이라는 우려 때문이겠지. 그에 더해서 자살은 죄악이라는 것, 모방 자살이 발생해 사회적으로 자살이 만연해질 것 등을 이유로 들고 있다.

예를 들면 생을 이어가고 싶어 하는 환자들도 주변의 눈치를 보며 어쩔 수 없이 죽음을 선택하게 될 위험이 있다고 지적한다거나, 무슨 문제가 닥치면 그 문제를 해결하기 위해 온 힘을 기울이지 않고, 자살로 도피하려 한다는 식이다. 종교계는 이런 우려가 현실이 된다면 생명의 가치가 돈이나 사회적 압박 때문에 결정되는 부작용이 따르리라고 간주한다. 하지만 종교계의 이런 우려 속에는 역시 종교적 이유가 전제되어 있으리라고 생각하는 것이 자연스럽다. 그러니까 안락사는 사람의 생명을 주관하는 신의 권능을 침범하는 행위이므로, 결코 허용되어서는 안 된다는 주장이다.

반면 인간의 이성을 중시하는 이들, 그러니까 신의 존재를 믿지 않는 이들의 대부분은 소극적, 적극적 안락사는 물론이고 자살 그 자체가 순전히 인간의 권리라고 규정한다. 이 삶은 온전히 나의 것이고, 나 자신만이 규정할 수 있다. 내가 죽음을 선택한다고 하더라도 온전히 나의 이성과 자유의지로 존엄성을 지키기 위한 죽음이라면 존중받아야 마땅하다. 그러므로 삶의 전제에 신 혹은 절대자가 있는 이들과, 자기 자신의 이성적 판단이 중심이 되는 이들. 즉, 종교가 있는 사람과 없는 사람들 간에 이루어지는 죽음(자살)에 대한 논의는 언제나 평행선을 그릴 수밖에 없다. 대화의 전제 자체가 다르기 때문이다.

'나 자신'에 대한 인식의 차이. 이 평행선에서 우리는 어디로 나아가야 할까? 이성과 종교의 어쭙잖은 화해를 시도하는 것은 이미 불가능한 일이 되었고, 그렇다고 해서 생명 존중을 주된 명분으로 들이미는 종교의 입장을 무시하는 것도 딱히 바람직하지는 못하다. 물론, 내가 원한다면 자살과 종교에 관한 이야기를 꽤 쉽게 풀어나갈 수 있다. 국민의 몇 퍼센트가 안락사에 찬성하고 있는지에 대한 여론조사 수치를 들고 와서, '절대다수가 찬성하고 있는 주장을 종교계가 무슨 권리와 이유로 막아서는지'를 집요하게 질문하면 된다. 물론 여기서는 안락사의 예를 들 수밖에 없다. 자살에 대한 찬반 여부를 묻는 조사가 제대로 시행된 적이 없을 테니까. 지금까지 이어진 여론조사는 대부분 안락사 및 조력자살에 대한 것이다. 이는 우리가 논의해 왔던 자살보다 좁은 의미이지만, 결국 존엄을 위한 자살이라는 측면에서 공통점을 가지고 있다.

질병 등 여러 이유 때문에 말로 다 할 수 없이 고통을 받고 있는 개인의 사례를 이야기하자. 그리고 그 가운데서 생명 존중이라는 종교적 주장의 정당성이 어디에 있느냐고 따져 묻자. 종교가 설 자리를 잃어가는 현대 사회에서, 도대체 종교가 왜 다른 존엄한 인간의 삶과 고통을 규정하려 드는 것일까. 마약성 진통제로도 참아낼 수 없을 만큼 극심한 고통에 몸부림치는 환자와, 그 환자를 지켜보는 가족들의 아픔에는 왜 눈을 감고 있을까. 막연히 그 아픔을 참아야 신의 자비를 받을 수 있다는 말일까. 신이 그렇게 잔인한 존재라면, 무한한 사랑을 이야기하는 절대자는 과연 어디에 있는 것일까.

실로 엄청난 수의 사람들이 스스로 목숨을 끊는다. 삶이라는 고통에서 벗어나기 위해서 세상에서 가장 무시무시한 고통을 선택한 이들이다. 이쯤에서 우리는 종교가 언급하는 생명이 누구의 생명일지에 대한 의문을 가져야 한다. 그리고 종교가 이야기하는 사랑은 누구를 대상으로 하는 사랑인지 가져 마땅한 의문을 품어야 한다.

안락사의 예를 들어보자. 끝없는 고통을 겪고 있는 사람들을 붙들어놓고 신은 당신을 사랑한다고 아무리 외친다고 한들, 그 환자에게는 신의 자비보다 고통 없는 죽음을 안겨줄 알약 하나가 더 절실하지 않을까. 죽을 것 같은 고통을 겪는 이들에게 신의 자비가 머무는 곳은 목청 껏 외치는 기도에 있을지, 평안을 안겨줄 약물에 있을지 생각해 본다면, 조금 더 이야기가 빠를 것 같다.

더 나아가서 그들이 겪고 있는 고통을 명확하게 '볼 수 있는' 이들의 자살에는 개방적 시선이 존재한다. 하지만 고통이 '보이지 않는' 질병이나 사정에 의한 자살은 비난에 가까운 반발을 겪게 된다. 하지만 눈에 보이지 않는다고 그들이 고통을 겪지 않는 것은 아니다. 아니, 어쩌면 더 극심한 고통을 겪고 있을 수도 있다. 우울증과 같은 정신적 고통, 가정환경 등의 어려움과 같은 사회적 고통, 자기 자신의 존재에 대한 회의감, 극심한 스트레스와 같은 고통을 우리가 평가할 권리나 이유가 어디에 있을까? 그들의 말을 들으려고도 하지 않은 채로 단순히 살아야만 한다고 외친다면 과연 그 목소리는 어디에 가닿을까.

도대체 우리는 이 평행선의 어디쯤 서야 하는 걸까.

* 4시간 30분 후

다시 진동이 울린다.
너의 예약 문자다.
네 블로그의 아이디와 비밀번호를 받는다.

"아이디 JJ316******"
"비번 *******"

다 지워줘, 부탁할게. 미안해.

인간의 가장 위대한 발명

'자살은 인간의 가장 위대한 발명이다.'

이 문장은 꽤 격렬한 논쟁을 불러일으킬 수 있다. 그럼에도 나는 인류의 유구한 역사 속, 맨 처음으로 자살했을 그 누군가를 떠올리며 꿋꿋이 자살이 인간의 가장 위대한 발명이라는 주장을 이어나간다. 종교적 이유나 사회적 이유, 주술적 이유로 죽음을 선택한 것이 아니라, 온전히 자기 자신의 존엄성과 자유를 지켜내기 위해서 자유의지로 자살을 선택한 첫 번째 사람을 떠올리는 것이다.

호기심을 갖지 않을 도리가 없다. 존엄성과 자유의지, 아픔과 고통, 그리고 그 고통을 이겨낼 수 있으리라는 희망과 자유. 이 모든 것을 생각하고, 판단하고, 죽음을 선택하고 죽었을 그 누군가. 그 사람은 언제부터 삶과 죽음을 인지하였을까? 그는 무슨 수로 지독하고 잔인한 생존 본능을 이겨냈을까? 죽음의 직전까지 얼마나 많은 고민을 이어갔을 것이며, 도대체 어떻게 자신의 마지막을 자살로 꽃피울 생각을 했을까?

인류가 이루어낸 첫 자살의 의미는 단지 자살을 선택한 한 명에게서 그치지 않는다. 그 자살은 생존본능이라는 지긋지긋한 구속을 끊고, 인간으로서의 자유와 존엄을 증명해 낸 죽음이다. 어떠한 구속도 이겨낼 수 있을 만한 자유와 존엄이라는 사고방식. 그 가치를 생각하고, 누렸기에 인간의 첫 자살은 하나의 혁명과도 같은 일이었다. 다시 말해서 그 자살은 인간의 자유의지가 비루한 생존본능을 이겨낼 수 있다고 증명한 역사적인 사건인 셈이다. 첫 번째 자살은 우리의 자유의지와 이성을 드높여 인간의 존엄성을 지킬 수 있도록 하였다. 그와 같은 시각에서 바라보면 결국 인간의 역사는, 자살에 바탕을 둔 자유의지의 역사가 된다.

그러니 우리가 인간의 첫 자살을 불의 발견과 견준다면 과한 비약일까?

불의 발견은 인간을 혹독한 자연환경에서 '생존'하게 했지만, 자살의 발명은 인간을 '인간답게' 살 수 있게 하였기에, 자살이 품은 의미와 가치가 더더욱 깊게 다가오는 것 같다. 인류의 역사가 인간의 권리와 자유를 되찾기 위한 몸부림이었다고 가정하자면, 자살은 인류의 역사와 함께 나아온 삶의 한 방식일 수밖에 없다.

물론 처음으로 자살한 누군가도 자살의 직전에는 두려움을 느꼈을 것이다. 생존을 추구하는 동물로서, 자살이 주는 두려움이 얼마나 컸을지는 쉽사리 상상조차 할 수 없다. 그럼에도 그 누군가는 자살을 선택했다. 자신의 존엄성을 지켜내기 위해서 그리고 자신의 자살을 딛고 존엄하게 살아갈 우리를 위해서 본능조차 이겨낸 채 자살을 향해 묵묵히 나아간 것이다.

자살이 발명이라는 생각은 자살을 망설이는 수많은 이들에게 새로운 길을 제시한다. 물론 지금까지 강조해 왔듯 내가 그들을 무분별하게 자살로 떠민다는 이야기가 아니다. 다만, 인간의 역사가 자살과 함께해 왔음을 보여 줄 따름이다. 인간의 역사 중 처음으로 우리가 인간이라는 것을 자각하고, 선택하는 죽음의 의미를 이해한 누군가가 있다. 그 누군가가 있어서 우리는 우리의 자유의지와 인간의 존엄성을 증명해 낼 수 있었다. 또 단순히 생존이라는 생각에서 벗어나, '인간다운' 삶을 살아낼 수 있었다. 그러므로 자살은 우리에게 가장 소중한 발명일 수밖에 없는 것이다.

* 5시간 후, 다시 만난 우리

분명 잠금을 해놓고 핸드폰을 쓰던 너였는데
지금 네 핸드폰에는 잠금 설정이 해제되어 있다.
너와 함께해 주었던 많은 분께 마지막 인사를 전해달라는
네가 세상에 남긴 마지막 부탁이자 배려.

그 배려에, 많은 사람이 무너져 내렸다.
너는 마지막까지 그런 식으로 제멋대로였다.

죽음으로써 자유로웠던 이카로스를 생각하며

"도대체 너희 둘은 뭐 그렇게 복잡하게 살아?"

가끔 나의 벗들 혹은 지인들에게 J가 내게 해준 이야기를 들려줄 때면, 그들은 나와 J에 대한 깊은 애정과 농담을 섞어 이런 질문들을 건네곤 한다. 심지어 J도 나에게 장난삼아 그런 질문을 던지고는 했었으니까. 그냥 남들 가는 길 따라 살아가면 되는 것 아니냐는 닳고 닳은 질문. 평범하게 살아가는 것이 그리 어려운 일은 아니라는 당부. 자살, 자유, 존엄, 존중 따위의 결론도 안날 복잡한 생각들은 다 내버린 채 사는 대로 살아가면 되는 걸, 왜 그렇게 미련하게 나서서 날아오는 돌을 맞느냐는 걱정. 그리고 이런 분투에 무슨 의미가 있기는 한 것이냐는 의문까지.

J와 나는 이런 질문을 받을 때면 늘 이카로스를 떠올렸다. 아버지의 말을 듣지 않고 하늘 높게 날아오르다 떨어져 죽은 이카로스. 미련하고, 한심하고, 교만했으며, 명청했던, 그래서 딱 그만큼 자유로웠던 이카로스를 생각하는 것이다.

이카로스가 자유로웠다니? 분명 이카로스는 그의 아버지 다이달로스의 말을 어기고 하늘 높이 날아오르다 떨어져 죽은 비극의 상징이라고 알고 있는데? 과욕을 경계하라, 교만을 억제하라 혹은 부모님의 말씀에 복종하라는 교훈의 예시로 쓰이는 이카로스의 이야기. 그렇기에 그의 이야기는 결국 사회적 질서에 대한 복종 혹은 더 나아가서 굴종에 가닿는다. 맞다. 이카로스가 그의 아버지 말에 복종했더라면 분명 살았을 것이다. '일단은' 살아남았을 것이다. 그의 목을 얽매고 수치심을 안겨주는 불합리하고 답답한 구속 아래서 강요된 생에 복종한 채 하늘만을 동경하면서.

다이달로스는 하늘을 향해 날아오르기 직전, 분명 이카로스에게 너무 높이 날지 말라고, 높이 날아 태양과 가까워지면 깃털을 붙여놓은 밀랍이 녹을 것이고, 그러면 결국 떨어져 죽을 거라며 경고했을 것이다. 이카로스도 아버지의 그 말에 고개를 끄덕였을 것이다. 그렇게 시작

된 비행. 도약할 때의 두려움은 어느덧 잊은 지 오래다. 시원한 바닷바람, 맑은 하늘, 부서지는 파도, 그 위를 날고 있는 자기 자신. 바닷바람과 함께 날아오르고 있는 이카로스는 다시는 없을 해방감을 느끼지 않았을까.

그것도 잠시. 날아가면 날아갈수록 이카로스는 다시금 숨이 막혀 오는 것을 느낀다. 육지에 도착함과 동시에 이 해방의 순간은 끝날 것이다. 태양이 밀랍을 녹이기 전까지만 날아야 한다는 구속은, 나를 미궁 속에 던져 가두어버린 사회는, 나아가 육지로 돌아가면 겪어야 할 굴종과 현실이라는 이름으로 살아가야 할 시간은 상상만으로도 내 목을 조여 온다. 이렇게 생을 유지하기 위한 생을 사는 것이 자유로운 일일까? 지금 내가 느끼는 이 자유를, 다시 한번은 누릴 수 있을까? 살아가기 위해 살아가는 데 무슨 의미가 있기는 한 것일까? 답답하다. 더는 숨이 막혀 견딜 수가 없다.

그러므로 날아오른다.

저 넓은 하늘을 향해. 진정한 자유를 위해서. 날개의 깃털이 하나둘 빠지는 것은 아무 문제가 되지 않는다. 날아오르기로 마음을 먹은 순간, 죽음에 대한 두려움은 이미 이카로스를 막아 세우지 못하고 있었으니까. 이카로스를 부르는 아버지 다이달로스의 애타는 소리가 울려 퍼지겠지만, 이카로스는 듣지 않는다. 하늘을, 자유를 앞에 둔 이카로스가 할 수 있는 것은 오로지 날아오르는 것뿐이었고, 그때 그는 진정으로 자유로운 존재였을 테니까.

이카로스는 자신의 행동을 후회했을까? 마지막 순간에 그가 느꼈던 감정은 두려움이었을까? 아니면 자유를 향해 날아올랐던 그만이 느낄 수 있었을 행복이었을까? 우리는 이 질문에 대한 답을 아마 영원히 알지 못할 것이다. 다만 우리가 알 수 있는 것은 하나다. 바로 이카로스는 자신의 자유의지로 죽었다는 것. 그는 자유를 위해 모든 것을 내버렸다. 그 비행의 끝에는 죽음만이 기다리고 있을 것을 알았다고 할지라도 망설이지 않았다. 그는 날아올랐다. 추락의 직전, 극한의 자유와 마주할 수 있는 바로 그 순간을 위해서. 이카로스는 간절하게 희망했을 것이다. 한 번쯤은 자유로워 볼 수 있기를. 진정한 자유를 위해 살아갈 수 있기를.

그렇기에 이카로스의 죽음은 비극일 수 없다. 아니, 비극이어서는 안 된다. 자유를 향한 한 인간의 도약에 비극이라는 단어가 붙는 순간, 우리는 최소한의 자유조차 잃고 진정한 비극 속에서 살아가게 될 테니까.

아마 이카로스에게 이렇게 이야기하고 싶을 수도 있

겠다. 적당히 날았으면 살았을 거라고. 적당히 살아서, 적당히 자유를 누리고, 적당히 굴복한 채 그렇게 살면 되는 것 아니겠느냐고. 우리의 그 냉소 섞인 질문에 이카로스는 되묻지 않았을까? 도대체 그렇게 사는 것에 무슨 의미가 있는지. 끊임없는 구속과 억압만이 가득한 시간을 영원히 보내는 것의 의미는 또 무엇인지. 살아내기 위해 살아가는 그 자체가 삶의 유일한 이유라면 그것보다 불행한 삶이 또 어디에 있으며, 그 불행한 삶을 살아가는 이들이 자유로이 죽어간 나를 재단할 수 있을지. 적어도 자신은 자유를 향해 날아올랐고, 설사 그 대가가 자신의 삶이라고 할지라도 망설이지 않았다고. 그것이 내가 아는 유일한 자유였다고 단호히 말하며.

* 12시간 후, 벚꽃과 함께

장례식장을 비틀대며 빠져나온다.
벚꽃이 흐드러지다. 편의점에서 맥주 한 캔을 샀다.

네가 죽었어도 나의 세상은 크게 바뀌지 않았다.
배가 고파 밥을 먹었고, 목이 말라 물을 마셨다.
졸려서 잠깐 졸기도 했다.
딱히 참은 것도 아닌데 눈물마저 나오지 않았다.

참 이상하지, 많은 것이 바뀔 줄 알았는데.

벤치에 앉아 고개를 뒤로 젖힌다.
순간이자 영원처럼 느껴지던 네 장례식장에서의 시간이 지
나고 나니
그 시간 사이에 벚꽃은 만개해 있었다.

'네가 그렇게나 좋아하던 벚꽃 좀 제대로 보고 갔으려나.'
이 생각이 내가 그날 유일하게 떨었던 청승이었던 것 같다.

April

삶의 순간들을 한 걸음씩 내디뎌 가며

"너는……. 너는 자살에 너무 강박적으로 집착하는 것 같아."

얼마 전 갖게 된 K와의 술자리. 내 친구는 잠시 이어진 편안한 침묵을 깨고 이야기했다. 놀랐다. 아무리 기억을 되돌아보아도, 나는 그 친구에게 자살에 관한 생각을 이야기한 적이 없었으니까. 그럼에도 나의 친구는 놀란 나를 바라보며 이야기를 더했다.

"왜 그러는지는 알겠는데, 그렇다고 굳이 애써서 그럴 필요까지는 없잖아."

그 따스하고 날카로운 말에 나는 고개를 들 수 없었다. 나의 속내를 짐작하고 상당한 용기를 내어 이 어려운 주제를 이야기하게 한 친구에 대한 미안함과, 내 생각이 발

가벗겨진 것만 같은 부끄러움이 뒤섞인 채로.

K와의 만남이 끝나고 돌아온 뒤, 다시 글을 쓰기 위해 모니터를 멍하게 바라보다 문득 '찾기' 버튼으로 '자살'을 검색해 보았다. 와, 내가 자살이라는 단어를 이렇게나 많이 썼었나. J를 그리면서, 그리고 나를 생각하면서 나도 모르는 사이에 이렇게나 많은 자살을 아로새기고 있었나 보다. 차근차근, 조금씩, 하지만 그만큼 깊게.

자살 산책의 끝을 바라보며, 차곡차곡 쌓아 올린 자살이라는 생각은 나에게 무엇을 이야기해 줄까. 나는 '자살에의 강박적 집착'이라는 K의 표현을 애써 부정하지 않는다. 숨길 생각도 없다. 어쩌면 지금까지 내가 살아남을 수 있었던 이유가 바로 자살의 비참함 때문이었을지도 모르겠다. 자살을 품고 살아가면, 삶을 살아갈 용기를 낼 수 있다. 자살을 품고 살아간다는 것 하나만으로, 우리는 세상의 불합리를, 강요되는 부조리를, 우리가 겪어야 하는 삶의 각종 고난을 이겨낼 힘을 얻을 수 있다. 조금은 냉소적이지만, 또 조금은 담담하게. 벚꽃은 저물 때 가장 아름다운 것을 알고 있기에, 그 꽃을 닮아가려 자살을 섣불리 놓을 수 없었나 보다.

자살은 나의 고통을 끝낼 것이다. 쉽고, 직관적이다. 자살에 긍정적인 생각을 하고 있다면 쉽사리 동의할 것이고, 자살에 부정적인 의견을 갖고 있다고 하더라도 이 생각이 틀렸다고 말하기는 어렵지 않을까. 그렇다면, 내가 죽을 때까지 고통을 참아내야 한다는 생각이 오히려 불합리한 것은 아닐까? 물론, 고통을 참고 살아가고 싶다면, 살면 된다. 우리는 그 마음을 존중한다. 그리고 무엇보다, 그렇게 살아가는 이들이 절대다수인 것 또한 부정하지 않는다. 이 글이 자살을 이야기했다고 하더라도, '자살자의 입장'에서 바라보다 보니 자살이 일반적인 것처럼 보일 뿐, 사실 자살은 일반적이지 않다. 끝내 자살을 선택하는 사람은 정말, 정말 소수에 불과하다. 하지만 자살로 치닫는 한 사람 한 사람도 분명 인간으로서 가져 마땅한 존엄성을 갖고 있다. 그러니 J나 나, 그리고 자살에 다가섰거나 다가가려는 이들에게 불합리한 아픔을 강요하지 말아 달라는 것뿐이다.

나의 삶은 어떻게 끝을 맺을까?

나의 글에 아로새긴 수많은 '자살'을 보며, 나는 나의 마지막 순간을 떠올려 본다. 그러니까 나의 삶이 끝을 맺는 바로 그 순간을. 누구나 그렇겠지만 나는 나의 삶의 끝을 모른다. 앞으로 어떤 일이 닥쳐올지 모르기 때문이다. 하지만 나는 지금까지 그래 왔듯, 앞으로도 나의 존엄성을 지키기 위해 온 힘을 다할 것이다. 인간으로서, 인간이 가져 마땅한 최소한의 존엄을 지켜내기 위하여 고군분투할 것이다. 그리고 짐작할 수 있겠다시피, 만약 나의 존엄성이 침탈될 때면 나는 그 아픔을 당당하게 거부할 생각이다. 영원히 기록하고 싶은 행복한 순간과 나의 존엄성이 무너져 내리는 비참한 순간의 사이에서 나는 살아가려 한다. 그렇기에 내가 바라는 순간은 죽음이 아니고 삶이다. 나는 살아갈 것이다. 나의 소중하고, 사랑하고, 존엄해야만 할 이 더럽고 지옥 같은 삶의 순간들을 한 걸음씩 내디뎌 가며.

* 14시간 후

이제 괜찮다는 J 부모님의 말씀에 장례식장 밖으로 나온다.
돌이켜 생각하니 딱히 한 건 없어서 나올 필요도 없었지만.

멍하니 버스를 기다렸다.
뭐라도 해야 할 것 같아 블로그 애플리케이션을 켰다.
그리고 아무 생각 없이 글을 새긴다.
'J가 죽었다.'
그 글자를 한참 바라본다.

더할 말은 없었다.
그거면 충분했으니까.

죽음의 알약을 삼킬 용기

J는 자살하기 직전까지 이런저런 사고로 3번쯤 죽음의 위기를 넘겼었다. 왜, 누구나 살면서 두어 번쯤 죽음의 위기를 가까스로 넘기고는 하니까. J는 그 순간을 회상하면서 너무나도 두려웠다고 이야기했다. 죽음이 무엇인지도 몰랐을 어린아이였을 때에 겪었던 죽음의 위기도 뇌리에 진하게 박혀 있는데, 다 커서 겪은 일은 또 오죽할까. 더욱이 내가 의도한 죽음이 아니라 언제 어디서 닥쳐올지 모르는 운명적 죽음을 마주하는 것은 정말 두려운 일이다.

죽음의 공포를 알아서일까? J에게도, 나에게도 죽음을 써 내려가는 것은 언제나 참 조심스러운 일이다. 그리고 더 나아가 '선택하는 죽음', 곧 자살을 담아내겠다는 생각에 이르면 정말 많은 용기와 결심이 필요하다. 누군가는 잘못 읽을 수 있고, 누군가는 자신이 죽을 용기도 없어서 고통을 겪으며 사는 것인지 자신을 의심하게 될 수도 있으며, 또 다른 누군가는 자신의 삶이 부정당했다는 느낌을 받을 수도 있을 테니까.

의외로 죽음에 관해서 나보다 더 조심스럽게 접근했던 것은 J였다. 그렇기에 J는 최대한 조심스럽게, 그리고 차분히 자살을 향해 나아갔다. 이 조심스러움은 죽음에 관한 이야기를 기꺼이 들어주는 상대방을 존중하는 하나의 방식이었다. 당신이 품고 있는 삶의 소중함만이 아니라, 당신이 기꺼이 안고 살아가는 삶의 비참함도. 그러니 J는 다른 사람들과 죽음에 관해서 이야기할 때, 직접 이야기하는 대신 이 질문을 던지고는 했다. '자살을 위한 알약'이라는 질문을.

여기, 작은 알약이 있다고 하자.

이 약 한 알이면 우리는 세상에 영원한 작별을 고할 수 있다. 걱정할 필요는 없다. 전혀 고통스럽지 않은, 편안하고 안락한 죽음이니까. 방법도 간단하다. 포근한 이불에 눕기 전 약을 삼킨 후 눈을 감고 깊은 잠에 빠지면 된다. 그럼에도 효과는 더할 나위 없이 확실하다. 이 약을 먹고 잠이 든다면 일상도, 고통도, 슬픔도, 좌절과 우울도 기분 좋게 끝맺을 수 있다. 실패할 가능성이 없는 죽음이다. 그러니까 그 약을 먹은 누구든, 죽기보다 나가기 싫은 직장에 출근하는 것도, 나를 짓누르던 경제적 어려움에 시달리는 것도, 한없이 불행하고 원망스럽기만 했던 과거도, 매일 잠들기 전에 '내일은 제발 눈을 뜨지 않기를' 기도해야만 하는 비참한 현재도, 앞으로도 내가 불행하리라는 것 외에 다른 어떤 것도 알 수 없는 두려운 미래도 전부 다 끝낼 수 있다. 이 약을 먹을 용기만 있다면, 그 잠깐의 용기만 낼 수 있다면 당신은 죽음이라는 이름의 자유와 마주하게 될 것이다. 그리고 이제 모든 것은 당신의 선택에 달려있다. 약의 유통기한은 12시간뿐. 당신은 약을 먹을 것인가, 아니면 버릴 것인가.

물론 이 사례는 극단적이다. 그런 만큼 수많은 사람은 약을 먹지 않는 것을 선택할 것이다. 꿈이든, 사랑하는 사람을 위해서든, 심지어는 '그냥'이든 계속 살아가야 할 이유를 가진 이들은 알약을 버린다는 선택을 할 수 있다. 지금까지 자살을 집중적으로 다루어 와서 그렇지 사실 계속 살아간다는 것이야말로 절대다수를 차지하는 일반적인 생각일 테니까.

그럼에도 자살을 위한 알약이라는 생각은, 일반적으로 생각할 수 있는 자살의 방법에 비교해서 제법 호소력

이 짙다. 자살이라는 결과가 달라져서가 아니다. 다만, 자살에 이르는 과정이 주는 '편안함' 때문이다. 우리가 죽을 때 느낄지도 모르는 고통에 대한 공포를 없애는 것만으로도, 우리가 얼마나 죽음에 가까워질 수 있는지를 생각해 볼 수 있다.

그렇다면 우리는 죽는 것을 두려워하는 걸까, 아니면 죽음 전에 겪을지도 모르는 아픔을 두려워하는 걸까? 만약 우리가 진정으로 두려워하는 것이 죽음이 아니라 아픔이라면, 우리의 자살을 막아서는 것은 자살 그 자체일까, 혹시 모를 자살의 아픔인 걸까?

사회적 질서가 강했던 곳 혹은 때에서 자살에 대한 비난이 빈번했다는 것은 놀랄만한 일이 아니다. 사회적 질서가 강할수록 인권의 보장은 미흡했고, 인권이 보장될수록 사회의 권한은 낮아졌다. 때로는 신, 때로는 왕, 때로는 사상. 지금까지 역사를 이끌어 왔던 절대적 권위들의 반복에서 자살은 나쁜 것이라는 관념이 생기고, 퍼져나갔을 것이다. 경직되고, 권위적이고, 공포통치가 이어지는 시대라면 자살은 범죄로 취급되었다. 교회법이 지배하던 시기의 유럽처럼. 그런 사회에서 자살은 나쁜 것이 되어야만 했다. 내가 원할 때 죽을 수 있다면, 나의 목숨을 담보로 나를 지배하려는 신, 왕, 사상의 명령을 굳이 따를 필요가 있기는 한 걸까?

반면 인간의 권리가 존중받고, 보장받는 사회일수록 죽음에 관대하고, 죽음에 대한 다양한 생각이 용납된다. 노예는 자신의 생명을 스스로 결정할 권리가 없다. 오직 자유롭고 존엄한 주체로서의 인간만이 죽음을 생각하고 실행에 옮길 수 있을 뿐. 멀리 생각할 필요도 없다. 어떠한 형태의 인위적 죽음도 금지하는 사회와, 죽음 그 자체를 숨기지 않고 자살과 삶의 의미에 관해 이야기할 수 있는 사회. 둘 중 어느 사회에서 살고 싶은지를 생각해 보면 이해가 빠를 테니까.

우리는 살아갈 의미가 없다면 기꺼이 죽을 수 있는 유일한 생명체다. 자유의지와 이성을 가진 동물로서 인간은 생존이라는 본능에만 기대지 않는다. 아니, 굴복하지 않는다. 우리는 지금 방종의 결과로서 택하는 죽음이 아니라, 자신의 자유와 존엄을 지키기 위해 선택하는 이성적 죽음을 이야기한다. 무분별하게 자신의 목숨을 끊는 행위란 반이성적 태도의 결과다. 반면, 이성을 바탕으로 선택한 죽음은 합리적이고, 명쾌하다. 그 죽음은 자신의 자유와 존엄을 지키기 위한 죽음이기 때문이다. 결국, 그 죽음은 인간 이성의 산물이자, 책임 있는 자유의 결과물이 된다.

어디로 가야 할지, 일부러 길을 잃는다.
걷고, 또 걷는다. 네 죽음이 마음에 새겨질 때까지.

그럼에도 나는 존중을 이야기한다.

　몇 번의 죽음을 떠나보낸 후에야 죽음을 위로하는 방법을 배웠다. 물론 감히 죽음을 접한 다른 누군가를 위로하겠다는 만용을 부리는 것은 아니다. 사랑하는 이를 죽음으로 잃은 사람에게 내일이 없다는 것을 누구보다 잘 알고 있으니까. 다만 나는 내 사람의 죽음을 딛고 살아가는 방법을 배워왔을 뿐이다.

　네가 없어도 세상은 돌아가더라. 그 야속한 현실이 나를 살게 했다.

　네가 죽었던 어느 해에 피어났던 벚꽃은 약속이라도 한 듯 다시, 또다시 피어났다. 슬프기만 했던 여름밤은 다시금 설렘이 되었고, 가을의 햇살은 나를 감싸 주었다. 어느새 살포시 내려앉는 눈 소리에 미소지을 수 있었다. 그렇게 한 해가 또 한 해가 흘러갔다. 그 시간 사이에서 누군가는 웃고, 누군가는 행복해하며, 다른 누군가는 또 다른 누군가에게 사랑을 고백했을 것이다. 언제나 그래 왔듯이.

하지만 네 죽음을 딛고 사는 것과 별개로, 너에 대한 미안한 마음이 가시는 것은 아니었다. 나 자신도 죽음을 원하는데 너의 자살을 막아 세우는 것은 모순이었다. 그러니 내가 네게 살았으면 좋겠다고 말을 한 것은 너무나 염치없는 부탁이었다. 그래서일까 나는 아직도 네 왼팔이 종종 생각난다. 그리고 그럴 때면 나는 늘 후회한다. 죽음을 선택할 수 있을 정도로 괴로워하고 있는 사람에게 '살아가길 바란다.'고 이야기하는 것만큼 그 사람을 괴롭게 하는 일이 또 있을까.

나는 죽음을 존중한다. 그래서 나는 죽음과 자살을 선정적으로 다루는 만행을 저지르지 않으려 안간힘을 쓴다. 죽음과 같이 자극적이 되어버리기 쉬운 주제로 글을 쓸 때면, 사람들이 듣기를 원하는 이야기만 하는 방법을 모르지도 않는다. 그렇게 글을 쓴다면 그 주장은 안전하고, 받아들여지기 쉬울 것이다. 우리는 모두 언젠가 죽을 테니 죽음을 기억하면서 후회하지 않을만한 삶을 살아야 한다는 것과 같은, 주제넘고 식상한 충고처럼.

아 참, 나는 '삶은 살아갈 가치가 있는 보물처럼 소중한 것'이라는 동화 같은 이야기를 건네려는 것도 아니다. 나는 삶이 그런 식의 것이 아니라고 생각하고 있기 때문이다. 무엇보다 평생 죽음만을 생각해 온 내가 갑작스레 삶을 칭송하는 것은 나 스스로와 이 글을 읽는 모두에 대한 기만에 불과할 것이기 때문이다.

자살을 향해 한발 내디딜 때, 죽음은 미칠 것 같은 두려움으로 나를 휘감았다. 나의 모든 감정과 기억은 뒤섞이고 엉켜 뒤죽박죽되었고, 죽음을 앞둔 나는 곧 깨어질 것처럼 흔들리는 창문과 같이 위태롭기만 했다. 심장은 뛰고, 맥박은 고동쳤다. 숨을 들이쉬고 내쉬는 그 간단한 일조차 너무나 어렵게 느껴졌다. 헐떡이는 호흡을 고르고 또 골라야 했다. 곧 죽으려고 하면서 살기 위해 온 힘을 다해 숨을 쉰 것이 실소를 터뜨릴 만큼 아이러니한 일이지만, 그때의 나는 그 아이러니조차 자각할 수 없었다. 평생 자살을 생각하며 살아왔는데도 자살이 한 걸음씩 다가오는 순간의 공포를 떨쳐낼 수 없었다. 삶과 죽음 사이에 선 나에게 내가 마주해야 했던 자살이란 바로 그런 것이었다. 너무나도 두려운, 그렇기에 또 너무나도 완벽했던 바로 그 순간 말이다.

앞서도 언급했던 것처럼 자살에 대한 글을 쓸 때면, 더 나아가 자살이 권리라고 주장하는 글을 쓸 때면 '그래, 네가 끝내 미쳤구나.'와 같은 반응을 각오해야만 한다. 사실 이런 반응은 얼마든지 받아들일 수 있다. 하지만 정작 나를 힘들게 하는 것은 내가 자살에 대한 글을 쓰고 나서 당장에라도 죽어버릴 것처럼 연민에 찬 눈빛으로 나를 바라보는 것이다. 뭐라 항변할 기회도 주지 않은 채로 나를 죽은 사람 ─ 혹은 곧 죽을 사람처럼 ─ 취급하는 시선. 그런 시선을 마주할 때면 맥이 빠질 수밖에 없다.

그럼에도 나는 다시 한번 자살에 대한 존중을 이야기한다.

어떻게 자살을 존중하자는 것이 이 긴 여정의 결말이 될 수 있을까? 하지만 여기서 중요한 것은, 나는 결코 자살 '이후'를 존중하자고 이야기하지 않는다는 점이다. 죽은 뒤에는 존엄이든 존중이든 필요치 않다. 추모라는 방식은 인류가 상상력을 발휘해서 만든 의식일 뿐이니까. 결국, 우리가 나아갈 수 있는 한계는 '자살'이라는 단어가 서술되는 곳, 내가 발을 내디뎠던 죽음의 직전, 바로 그 순간이다. 그 사이에 우리의 삶과 죽음이, 그러니까 우리가 존중해야 할 순간이 있는 것이다.

자살은 방종이고, 방종을 범하는 이는 무책임한 사람이라는 평면적인 이유로 죽음을 금지할 수도 있겠다. 하지만 자살은 지극히 한 개인의 문제다. 자살한 사람은 통계 속 숫자로 치부되는 존재가 아니라 온전한 한 사람이어야만 한다. 처절한 고통을 겪으며 살아내는 사람이 자살 덕분에 평안해진다면 남아있는 우리에게 무슨 문제가 될까? 그가 자신의 고통을 이겨내길 바라는 일방적 응원에 모순이 느껴질 뿐이다.

당연하다. 나의 자살 때문에 많은 이들이 고통과 아픔을 겪을 것이다. 하지만 그것이, 내가 찢기는 것 같은 고통을 겪으며 살아가야 할 이유가 되지는 않는다. 이기적이라고, 배신이라고 이야기를 할 수도 있겠다. 어떻게 그런 소리를 할 수 있느냐고 되물을 수도 있겠지. 하지만 고통의 끝에서 내가 누릴 약간의 평안이 그렇게 비난받을 만한 것일까?

우리는 도대체 왜 살아가야 할까? 누군들 그 대답을 내놓을 수 있을까? 그 답은 자신이 찾아야 한다니. 그 답을 찾을 수 없기에 나는 자살하겠다는 것인데. 만약 내가 지금 그 답을 찾을 수 없다면, 그럼에도 지금 겪는 치욕과 고통을 참아가며 살아남아야 할 이유는 무엇일까?

내가 지금, 답을 찾지 못한 다른 수많은 이들도 모두 자살해야 한다고 떠미는 것이 아니지 않은가. 나는 나의 죽음만을 이야기한다. 내가 겪고 있는 아픔을 이해해 달라고 어리광을 부리지도 않겠다. 다만, 존엄한 내가 나의 이성과 자유의지를 가지고 아픔을 이겨내기 위해서 선택한 결과를 존중해 달라고 이야기할 뿐이다. 그 결과가 비록 자살이라는 것에 이른다고 할지라도.

* 첫 번째 날

집으로 가지 않았다.
네 마지막 흔적이 오롯이 새겨진 곳을 찾아갔다.
벚꽃 잎이 감싼 한 줌의 모래 아래, 너를 닮은 붉은 꽃이 흐드러지다.
너를 똑 닮은 꽃이 만개한다. 나는 끝내 무너져 내린다.

네가 없는 첫 번째 날이었다.

마치며

J는 가끔 엉뚱한 질문을 던지곤 했다.

돌이켜 보면 헛웃음이 나올 만큼 이상한 질문들이었는데, 그럼에도 나는 J가 던진 그 수수께끼 같은 질문들의 답을 찾는 것을 즐겼다. 보통은 금방 답을 찾아내고는 했다. 하지만 몇 가지 질문들은 J가 떠난 지금까지도 답을 찾지 못하고 있다. 그리고 그중 내가 가장 간절하게 답을 찾아 서성이고 있는 질문은 바로 이것이다.

'자살이 우리의 권리일 수 있을까?'

어느 날 J가 무심코 던졌던 이 질문에서 우리의 산책이 시작되었다.

나는 J의 질문에 답을 하기 위해서 수많은 단어와 문장을 떠올렸고, 속절없이 흘려보냈다. 지금까지 이 산책길

April

을 걸으며, 우리가 자살의 무언가를 찾아내기는 한 것일지 고민한다. 오히려 자살을 더 어렵고, 복잡하고, 엉망진창으로 만든 것은 아닐까 하는 걱정이 앞설 뿐이다. 아니, 애초에 우리가 자살이라는 것을 이해할 수는 있는 것일까? 그럼에도 걸음을 멈추지는 않기로 한다. 나는 J가 내게 무심코 내민 질문에 올바른 답을 찾아주어야만 한다. 너는 이미 떠나고 없을지라도.

다시 너를 생각한다. J, 너는 자유의지로 죽음과 맞선, 그 누구보다 용감하고 강한 사람이었다. 그러니 마침내 자살한 네게 죽음은 고통에서 벗어나기 위한 수단에 불과했다. 너의 존엄성을 지키기 위해 자유의지로 선택할 수 있는 하나의 수단. J는 일반적인 죽음을 거부하고 선택하는 죽음을 향해 나아갔다. 그리고 너 자신이 가장 화려하게 만개한 때에, 가장 아름답게 지는 것을 선택했다. 그래서일까? 네 죽음은 참으로 찬란하게 흩날리는 것 같다. 마치 너의 마지막을 붉게 물들였던 벚꽃 잎이 그랬던 것처럼.

어쩌면 이곳인지도 모르겠다.

삶과 자살 사이의 어떤 경계가.

우리는 눈 떠보니 이 세상에 태어나 있고, 정신을 차

려 보니 어느새 삶이라는 이름의 고통 속에서 허우적대며 하루하루를 살아내고 있다. '태어났기 때문'이라는 잔인한 이유로 고통을 겪는다. 그럼에도 그 누구에게도 불평이나 불만을 이야기할 수는 없다. 이 시간 속 하나의 점에 불과한 우리의 불평까지 받아주기에는 세상은 이미 충분히 바쁘고 시끄럽다. 체념한 채 살아가야 한다. 걸음걸음에 체념이 묻어있다. 사람들은 한숨 쉬듯 털어놓을 것 같다. 그래서 어떡하자는 거냐고, 그렇다고 다 같이 나가서 죽을 수도 없는 노릇 아니냐고.

자살은 그런 우리를 따스하게 안아준다. 다른 모든 사람이 나의 고통을 외면하더라도, 세상 그 누구보다 외로워지고 고통스럽더라도, 자살은 그 고통을 이해하고, 나누고, 감싸 안아준다. 내가 아무리 비루하고 비참한 삶을 살아가고 있더라도 나를 버리지 않고 내 손을 꼭 잡아주는 것은 물론이다. 자살은 조건 없이, 따스하게 우리를 위로하며, 우리의 곁에 있어 줄 것이다. 우리가 살아가는 세상의 모든 것들과는 달리, 자살은 우리에게 그 어떤 것도 강요하지 않는다. 우리가 원치 않는다면, 자살은 우리의 눈앞에 나타나지도 않을 것이다. 하지만 우리에게 자살이 필요하다면, 자살은 어느 사이에 나타나 우리가 잊고 있던 또 다른 선택지를 부드럽게 내밀어 줄 것이다. '죽음'이라는 선택지를. 자살이 보여주는 죽음마저 불사한 한없는 자애. 우리는 아마 이 감정의 이름을 잘 알고 있는지도 모르겠다.

'사랑'이다.

나는 너를 사랑한다. 그렇기에 네가 겪고 있는 고통에서 너를 놓아줄 수 있다. 물론 나도 잘 알고 있다. 네가 죽는다면, 나 또한 죽을 것이라는 사실을. 그럼에도 고통을 겪는 네 모습을, 존엄한 네가 바스러지는 고통 속에서 살아가는 모습을 더 이상은 지켜볼 수 없다. 나는 너를 사랑한다. 그렇기에 네가 무슨 선택을 하든, 나는 너를 사랑할 것이다. 누군가는 네가 비겁한 도피를 했다고 비난할 테지만, 나는 안다. 너는 용감히 맞섰다. 나는 그런 네가 자랑스럽다. 그리고 너를 영원히 기억할 것이다. 시간이 허락하는 한 영원히, 언제나, 끝까지.

어쩌면, 이제 결정의 순간이 온 것인지도 모른다.

인간으로서의 존엄성을 지키기 위한 자살. 그 자살을 외면하고 끝까지 눈 감은 채 자살은 무조건 나쁜 것이라고 외쳐대기만 할 것인지, 아니면 우리가 자유의지로 우리의 삶을 자유롭게 그려나갈 수 있도록 할 것인지. 죽음 앞에서 비겁하게 덜덜 떨며 살아갈 것인지, 아니면 죽음을 향해서 용기 있게 나아갈 것인지. 세상 속에 파묻혀

서서히 죽어가는 것을 선택할 것인지 아니면 온전히 세상에 맞서 나의 자유를 위해 싸울 것인지.

인간이 발명해낸 그 어떤 권리도 자살의 자유만큼 절대적이지는 않았다. 존엄한 삶을 살아가기 위한 인간의 사투. 그 끝에 자살이 맺혀있다. 이제 우리는 삶의 기준이 무너지고, 존엄성이 침탈되며, 끝 모를 고통에 시달리거나, 나아가야 할 길을 잃더라도 두려워할 필요도 없고 망설일 필요도 없다. 우리는 이미 자살과 마주했고, 삶의 어떤 것과도 타협할 필요가 없으니까. 그래, 우리는 이미 가뿐한 마음으로 자살을 향한 산책길에 오른 것일지도 모르겠다.

자살을 노래하는 우리는 죽을지도 모른다는 공포 속에서 하루하루 살아가지 않는다. 희망으로, 사랑으로, 당당함으로 세상을 바라보고 살아간다. 거부할 것은 거부하고, 지킬 것은 지킬 수 있다. 삶의 끝을 본 이상, 그 외에 두려울 것이 과연 무엇일까. 우리는 이제 고요히 빛을 낼 내일을 바라본다. 아픔과 고통, 좌절과 슬픔이 아니라 삶의 환희로 가득 찰 내일을. 오늘보다 존엄하고, 꿈꾸듯 자유롭고, 지극하게 소중하고, 눈부시게 사랑받고, 벅찰 만큼 사랑할 내일. 자살이 써 내려갈 우리의 내일을 담담하게 바라본다.

자살의 끝에서 당신에 대한 사랑을 담뿍 담아 고요히 마침표를 찍는다.

감사인사

산책이 즐거우셨는지 모르겠어요.

저는 따스한 바람에 흩날리는 벚꽃을 함께 볼 수 있어서, 벚꽃 아래 벤치에 앉아 이런저런 이야기를 나눌 수 있어서, 무엇보다 그 멋진 순간에 제 옆에 있는 사람이 당신이어서 참 행복했습니다. 당신도 그러하다면, 저는 아무런 미련 없이 이 글의 마침표를 찍을 수 있겠네요.

먼저, 이 책은 행복우물 출판사의 최연 편집장께 큰 빚을 지고 있습니다. 편집장님이 아니었다면 이 책은 결코, 결코 세상에 나올 수 없었을 테니까요. 편집장님은 단어와 문장 속에서 길을 잃은 저를 인내심과 배려로 이끌어

April

주셨습니다. 그 덕분에 저는 기존의 원고를 모두 허물어 뜨리고, 한 글자 한 문장 조심스레 다시 쌓아낼 수 있었습니다. 또한, 편집장님은 제가 글을 다시 쌓아 올리며 만난 수도 없는 한계를 넘어설 수 있도록 용기를 주셨습니다. 그 귀한 가르침이 아니었더라면, 저는 이곳까지 나아오지 못했을 것입니다. 무엇보다 극심한 논란을 일으킬 수 있는 '자살'을 다룬 글. 그 글의 가능성을 믿어 주셔서 감사할 뿐입니다. 만약 이 책이 어떤 식으로든 비판받는다면, 그 비판은 전적으로 부족한 저의 몫임을 밝혀 두고자 합니다.

또 저와 같은 시간을 걸어주시는 저의 사람들께도 깊은 감사의 인사를 드리고 싶습니다. 언제나 그립지만, 먼저 연락할 용기조차 내지 못하는 저를 때때로 떠올려 주시는 이들. 몇 달, 몇 년에 한 번씩 얼굴을 보면서도, 제 앞에서 환히 웃어주시는 분들께 깊은 감사의 인사를 드립니다. 모든 분의 이름을 아로새기고 싶습니다. 하지만 그렇기에는 한계가 있다는 것을 이해해 주시리라 생각합니다. 다만, '혹시 감사의 인사를 쓰며 잠깐이나마 나를 떠올리지 않았을까?'라고 생각하시는 분이 계신다면, 맞습니다. 저는 바로 당신께 감사를 전하고 있습니다. 감사합니다. 진심으로. 언제나.

저는 마땅히 소중한 벗 J를 그리워합니다. J가 가장 빛났던 시간에 그 걸음을 함께 할 수 있었던 것은 제게 주어진 가장 큰 행복이었습니다. 기억되고 싶지 않은데 기억되고 싶다던 J의 바람을 이렇게나마 이루어 줄 수 있어서 기쁩니다. 나의 벗 J, 그리고 저와 같은 시간을 살아가는 수많은 J에게 제 마음이 전해지기를 바랍니다. 그리고 그들의 손을 꼭 잡아주고 싶습니다. J라면, 기꺼이 그랬을 테니까요.

저의 전부이신 부모님. 부모님을 생각하는 제 벅찬 마음을 모두 담기에는, 세상에 존재하는 단어가 너무 적어 아쉬울 뿐입니다. 엄마 그리고 아빠, 세상의 모든 감사와 존경, 그리고 사랑을 가득 담아 두 분께 이 책을 바칩니다.

감사합니다.

publisher   instagram

어느 4월의 자살 산책

초판발행 2023년 6월 7일
지은이 최하늘
펴낸이 최대석 **펴낸곳** 행복우물 **출판등록** 307-2007-14호
등록일 2006년 10월 27일 **주소** 경기도 가평군 경반안로 115
전화 031-581-0491 **팩스** 031-581-0492
전자우편 book@happypress.co.kr
값 16,000   ISBN 979-11-91384-46-8

Check intagram for Event & Goods!

blog. Choi Haneul

네가 번개를 맞으면 나는 개미가 될거야

장하은

출간 즉시 베스트 셀러

불안장애와 숨고 싶던 순간들,

소심하고 내성적인 아이에서 불안한 어른이 된 이야기

" 너무 좋았습니다. 방에 불을 꺼두고 침대 위에 앉아 작은 태양 같은 조명 아래 있으면 이 책만 읽고 싶은 나날들이었습니다. 읽은 페이지를 또 읽고, 같은 문장을 반복하다가, 홀로 작가님의 글을 더 보고 싶어 책갈피에 적힌 작가님의 인스타에 들어가 보았습니다. 역시나 너무 멋진 분이셨어요. 제게 책을 읽고 먹먹해진다함은 작가가 과연 어떤 삶을 살았기에 이런 글을 쓸 수 있는 걸까, 궁금해지는 것을 말합니다. _ 북리뷰어 Pourmeslivres*님 "

그럴 땐 당황하지 말고 그것도 너의 감정이라는 것을 인정해 줘. 억지로 감정을 바꾸려고 하지 말고. 그 감정에 함께 머물러주며 그대로 표현하게 해보는 것도 필요하거든.

_ 본문 중에서

Jang Haeun

* 북리뷰어 Pourmeslivres는 인스타그램에서 진솔하고 적확한 도서 리뷰를 통해 수많은 애서가들에게 호평을 받고 있다. 인스타그램 @pourmeslivres